W0361851

Pornografilles

Comment les femmes consomment du porno

Jane Roussel

Pornografilles

Comment les femmes consomment du porno

Essai

Dalva

© Éditions Dalva, une marque des Éditions Robert Laffont, 2025

ISBN : 978-2-487-60021-8
Dépôt légal : octobre 2025

Illustration : Rémy Tricot
Conception graphique : Rémy Tricot
Photo de l'autrice : @ Adelaïde Yvert

Éditions Dalva – 92, avenue de France 75013 Paris
info@editionsdalva.fr

SOMMAIRE

Vous et moi, toutes à poil

« Merde, tout le monde va savoir que je regarde du porno. » Voilà le premier truc qui m'a traversé l'esprit quand je me suis dit que j'allais écrire ce livre sur le porno et les femmes. Tout de suite, j'ai pensé à mes proches tombant sur ces lignes, que j'écris avec encore une pointe de gêne. Franchement, quoi de plus tabou que le porno ? Réfléchissez deux secondes : existe-t-il quelque chose que vous ayez plus de mal à avouer que ça ? À part confier que vous avez la diarrhée à un mec que vous courtisez ? Et encore… S'il fait rougir un peu tout le monde (le porno donc, pas le caca), j'ai l'impression que pour les femmes, c'est pire. Même entre nous, on a du mal à en parler. Un peu comme si en avouant qu'on clique sur Play, on reconnaissait dévier du droit chemin, celui de la fille bien, de la femme qui se respecte.

Mais voilà, je vous mentirais si je vous disais que je n'en ai jamais regardé. Paradoxalement, c'est peut-être justement parce que je trouve le sujet si délicat à aborder que je couche ces lignes. Et aussi parce qu'un beau jour, je me suis rendu compte que plein de mes amies en regardaient, qu'on me rabâche à longueur d'études que les ados ne font QUE ça, que j'ai entendu certaines de mes copines me dire que leur mère en matait (la mienne ne me fait pas ce genre de confidences) et même leurs grands-mères. En faisant mes petits calculs de fille qui n'a pas eu une si mauvaise note au bac en maths, je me suis dit que ça faisait beaucoup de monde. Alors pourquoi est-ce qu'on n'en cause pas ? Peut-être parce qu'entre chaque petit film de fesses, on se torture de questions existentielles ?

Sans trop d'effort, en reluquant le sujet d'un tout petit peu plus près, je me suis vite aperçue que le X n'était que la partie immergée de l'iceberg. C'est le summum du tabou, à l'image de la sexualité féminine tout entière. Au XXIe siècle, une meuf qui prend du plaisir (surtout seule, la vilaine !), ça enquiquine encore le monde. Et ce dès les premières étapes de la découverte de soi, avec le truc le plus basique : se masturber. Mais peut-être aurais-je dû commencer par là, au cas où vous l'ignoreriez (il paraît que ça arrive encore) : les femmes se masturbent, le mot n'est pas réservé aux détenteurs d'un pénis. Elles se touchent, se caressent, s'adonnent à une pratique onaniste, se tripotent, s'explorent… On a même le droit de dire qu'elles se branlent ! Étymologiquement, ça veut dire « faire bouger, agiter », donc ça marche pour un phallus comme pour un clitoris. Et ça se fait parfois en regardant du porno, pour elles aussi. Pas toutes bien sûr. Mais pas mal quand même.

Vous vous doutez bien que sur le sujet (les femmes devant le porno), on ne croule pas sous les données scientifiques. On a néanmoins quelques pistes que je vous lâche ici d'un bloc, avant de vous foutre la paix avec les chiffres. D'après un sondage mené par l'Ifop paru en 2021, 35 % des femmes s'étaient connectées à un site porno dans les trois derniers mois. Dans une étude américaine parue dans le *Journal of Women's Health*, en 2019, et menée auprès de 706 femmes hétérosexuelles : 83 % en avaient déjà vu et 43,5 % en visionnaient pour se masturber, dont la moitié d'entre elles une fois par mois. Dans une autre étude venue d'outre-Atlantique, parue en 2020 dans le *Journal of Sex Research*, sur un échantillon de 1 392 Américains, 60,2 % des femmes ont raconté avoir consommé un type de pornographie (écrite ou visuelle) dans le mois précédant l'enquête. D'après les statistiques annuelles publiées par Pornhub, élaborées à partir de « milliards de visites » selon leurs termes, en 2024, parmi les Français, 30 % des spectateurs étaient des femmes. À l'échelle mondiale, elles représentent 38 % des visiteurs sur l'année, contre 24 % en 2015. En bientôt dix ans, la proportion de femmes spectatrices n'a cessé de grimper, constate Pornhub. Dans un autre sondage Ifop paru en 2023, réalisé en partenariat avec 01net auprès de 2006 personnes de 18 à 24 ans pour tenter d'évaluer la quantité d'hommes qui consomment des vidéos X régulièrement, on constate quand même qu'entre 2013 et 2023, la part de spectatrices dans la catégorie « amateurs » (c'est-à-dire qui en consomme au moins une fois par mois) a grimpé de six points pour atteindre 22 %. En tout, elles sont 49 % à en faire l'expérience.

Vous avez peut-être déjà lu ces chiffres, ils ne sont pas tout nouveaux. Mais je vous les redonne parce que j'ai l'impression qu'à chaque fois qu'on les cite, c'est pour les mettre en regard du pourcentage d'hommes (toujours plus nombreux) qui consomment de la pornographie, et ce dans un contexte où, pourtant, les sexualités féminines sont de plus en plus discutées – qu'elles soient marquées par la violence, par la contrainte, par l'exploration, par la découverte, par le plaisir. Le porno, lui, reste au placard. Plus généralement, je trouve qu'on lit encore peu de chose sur ce qui excite les femmes, sur leurs fantasmes, leurs méthodes de masturbation, les supports qu'elles utilisent.

Il faut dire que la sexualité des femmes est prise dans un sacré filet d'injonctions contradictoires. Petite fille, on nous demande de ne pas nous toucher l'entrecuisse, c'est sale. Adultes, on aimerait qu'on sache s'y prendre pour masturber son partenaire. On aimerait qu'on soit pudiques et sages, mais qu'au lit tout soit différent. On ne nous transmet ni le concept du plaisir, ni celui du désir. Mais une fois couchées, on aimerait bien qu'on en ait du désir et qu'on prenne du plaisir. Bruyamment, et rapidement, si possible. Et que, sans qu'on ait jamais abordé ces sujets, ni en famille ni à l'école, tout à coup, passé 18 ans (l'âge acceptable), on s'y connaisse. Qu'on soit des femmes sensuelles mais pas trop sexuelles quand même. Dans les limites de l'acceptable. Regarder du porno, ah ça non, pas question, pas pour nous, ça manque tellement de classe ! On préférerait que seuls les hommes en consomment, mais que les femmes sachent de quoi il s'agit, quand même. Qu'elles aient les codes : qu'elles soient épilées comme dans les films, qu'elles sachent sucer comme dans les films, qu'elles consentent aux pratiques qu'on y voit, une fois sur l'oreiller.

J'exagère, pardon, il y a des exceptions. Dans certains milieux, on leur accorde d'en regarder. Mais pas n'importe comment. Il faut qu'il soit éthique, payant, féministe. Que les scénarios ne soient ni violents, ni glauques, ni dominateurs. Dans ces milieux, on les jugera sur d'autres points : parce qu'elles ont le sexe épilé, qu'elles fantasment sur des scénarios patriarcaux et alimentent un schéma d'oppression de leurs congénères. Fatigant, hein ? Où qu'elles soient, d'où qu'elles viennent, les femmes portent le poids de ces lois invisibles, qui s'infiltrent partout, jusqu'à la forme de sexualité la plus intime qui soit, celle qu'on développe avec soi-même. Et qui ne regarde personne, bordel !

Ovidie le résume très bien dans son livre *Libres ! Manifeste pour s'affranchir des diktats sexuels*, illustré par Diglee : « Encore aujourd'hui, tout autour de nous, je ne vois qu'injonctions et représentations ultra-normées. Ah ça c'est sûr, nous ne manquons pas de conseils pour satisfaire notre partenaire présupposé masculin. Nous sommes inondées d'articles nous indiquant comment exceller au lit et nous rendre sexuellement intéressantes aux yeux des hommes. Mais curieusement il est beaucoup plus rare de recevoir des encouragements à nous sentir bien dans notre culotte et libérées de tout ce qui nous oppresse et nous empêche de jouir à NOTRE manière. Si dans la presse féminine on nous encourage à devenir les reines de la pipe, a contrario on ne nous invite jamais à faire un bon facesitting. Un peu de tenue, s'il vous plaît ! Salope, oui, mais dans les limites du sexuellement acceptable. Suffisamment pute pour exciter le chaland, mais pas jusqu'au point d'aimer ça, il ne faut pas pousser. »

Au risque de décevoir ceux qui pensent que les femmes plient sous ce tas d'injonctions, il n'en est rien. On les porte, et ça pèse lourd, mais (grâce à nos ténacités, et à quelques séances de kiné par-ci par-là) on garde les épaules solides. Et on se paluche allégrement, sous les plumes d'une couette, dans une chambre fermée à double tour. Parfois, on se le murmure, après quelques verres de vin aux heures tardives de la nuit. C'est comme ça que j'en ai parlé pour la première fois.

Je dîne avec deux amies de fac, plus âgées que moi. Entre deux tranches de saucisson, l'une d'elles lance : « Me masturber, c'est le premier truc que j'ai su faire dans ma vie ! » La deuxième embraye avec un témoignage similaire. Aux alentours de 3 ans, estiment-elles alors, devant mon air de carpe ahurie.

Ce soir-là, j'ai 26 ans je crois, et je pense avoir un problème grave – j'ai une petite tendance au mélodrame –, car moi aussi, je me masturbe depuis que je suis gamine. Ces vingt-trois dernières années, je me suis monté le bourrichon en me persuadant que ça faisait de moi quelqu'un de déviant. Parce que la sexualité, dans ma tête, c'est un truc d'adulte et point barre. J'ai accédé à ce truc si tôt que, en toute logique, je dois être tordue. Je devais avoir quatre ou cinq ans quand j'ai découvert qu'en grimpant sur la rampe de l'escalier de la maison où j'ai grandi, il se passait un truc sympa. Alors j'ai recommencé, souvent, parfois même entourée de gens. (Évidemment, sans avoir conscience de ce que je fais.) Jusqu'à ce que mes parents me demandent d'éviter de m'y adonner en public. Ils avaient bien raison de me le dire, et les connaissant, ils ont dû bien s'y prendre. Mais moi, je n'ai retenu qu'une chose : y a un truc qui tourne pas rond chez toi, ma vieille, pourquoi tu t'asticotes comme ça ? D'autant que je n'ai jamais vu aucun autre enfant prendre son pied sur une rampe d'escalier (ni sur quoi que ce soit, d'ailleurs). Plus de vingt ans plus tard, cette impression m'habite toujours. Je suis persuadée d'être la seule à avoir eu une sexualité depuis l'enfance.

Autour de la petite table basse de mon appartement, mes amies rient gentiment de cette confession. Bien sûr que non, je ne suis pas bizarre. D'abord, tous les enfants s'explorent. Ensuite, se donner du plaisir toute seule fait partie de la sexualité de plein de femmes. On se ressert un verre de vin. La conversation continue. On parle de ce qu'on aime au lit – je ne crois pas avoir complètement maîtrisé ma réponse à l'époque. On parle aussi du fait de regarder du porno, et du contenu de ces vidéos. Je le fais de temps en temps et j'en crève de honte à la seconde où je clique sur PLAY. On parle de nos fantasmes, inavouables au grand jour, à peine assumés à ce stade de la nuit me concernant. Et je me rends compte que je me suis pris le chou vingt ans de ma vie, pour rien. Je ne suis pas seule à m'être masturbée étant gosse, à ne pas être excitée que par un missionnaire avec un amoureux de longue date, à rêver d'autre chose que de faire l'amour pour me reproduire. On est au moins trois. Et comme j'admire (beaucoup) ces deux amies plus âgées que moi, plus à l'aise avec leur corps que moi, plus libres que moi, ça renverse complètement ce que je ressens. Je passe d'un sentiment d'angoisse et d'imposture à un (quasi) sentiment de légitimité. Je suis soulagée. Intimement, ce soir-là, je respire à nouveau.

C'est de là que vient l'idée de ce livre. D'une envie de faire comme ces deux copines : de dire « t'inquiète, y a pas mort d'homme » (c'est le cas de le dire) à celles qui culpabilisent de se masturber, de prendre du plaisir seules (parfois plus qu'à deux !), de lancer une vidéo sur un « tube ». Pour ceux qui ne seraient pas familiers de la chose, il y a plein de types de porno, mais ceux dont on parle ici sont hébergés sur ce qu'on appelle les « tubes » (Youporn, Pornhub, par exemple), on les qualifie de « porno mainstream » pour schématiser. C'est le genre de X qu'on évoquera le plus dans le livre. Mais on abordera aussi le porno dit « féministe » par certaines, « alternatif », « post porn », « éthique » par d'autres. Le trait d'union de tous ces termes étant d'incarner une sexualité non censurée, glorieuse, militante et décidée à reconquérir l'espace public.

Au fil des ans, la conversation du porno revient avec certaines amies. D'autres questions me viennent, à mesure que mes idées politiques s'affirment. Je suis féministe. Pourtant je regarde des femmes prises par plusieurs hommes anormalement gaulés. Est-ce qu'elles aiment ça ? Est-ce qu'elles veulent ça ? Me voilà coincée dans un étau de contradictions plus compact que la ligne 13 du métro parisien un vendredi à 18 heures. Je continue. Mais je culpabilise. Mais j'y retourne. Bon sang, je me déteste.

Au journal *Le Monde*, je travaille pour la rubrique Intimités, qui parle – entre autres – de(s) sexualité(s). Un sujet qui me plaît bien. Peut-être parce qu'il m'aide à digérer des choses, indirectement. Un matin, on fait une réunion « sexe et chouquettes » (pour définir des sujets autour de la sexualité à paraître dans la rubrique) avec l'équipe. À ce moment-là, je pose cette question : Est-ce qu'on peut continuer de regarder du porno quand on est féministe ? Je suis persuadée que ce tiraillement que je ressens n'appartient pas qu'à moi. J'en fais un article, qui voit le jour. Peu de temps après, un mail s'affiche sur mon téléphone. Une éditrice, que je ne connais pas, me pose une question : me verrais-je en faire un livre ? À vrai dire pas trop, mais maintenant qu'elle en parle… Autour d'un thé au printemps 2024, j'accepte de me lancer. Pour deux raisons : d'abord parce que j'aimerais bien contribuer d'une petite pierre à désanctuariser la sexualité féminine. Ensuite parce que, à une époque, j'aurais été soulagée de lire que d'autres femmes traversaient les mêmes montagnes russes intimes que moi.

En préambule à ce genre d'essai, on lit souvent la méthodologie des auteurices. Alors je m'y colle : j'ai commencé sans avoir la moindre idée de ce que je fichais là. Pas d'angle, pas même l'ombre d'une virgule ne se dessinait dans ma tête. J'ai ouvert un document dans lequel j'ai écrit que je voulais parler des femmes et du porno. Et puis j'ai écrit des questions dans tous les sens et j'ai posté des appels à témoins sur tous les réseaux sociaux. Ça n'a pas été un franc succès d'abord, mais heureusement le bouche-à-oreille a pris le relais. J'en ai parlé à toutes les réunions de famille, babyshowers, anniversaires, dîners de potes, de boulot… « Coucou, j'écris un truc sur le porno et les femmes, tu veux bien témoigner ? » Parfois j'ai eu droit aux yeux de lapin dans les phares d'une bagnole, parfois on m'a dit : « Oui, on s'appelle la semaine prochaine ? » Je ne cherchais pas de récit en particulier, je n'avais pas de script, aucune idée de ce que j'allais raconter. Je me suis dit que ça finirait bien par se dessiner…

Quoique, il y avait quand même un point qui était clair dans ma tête. Je voulais savoir ce que vous ressentiez, mesdames. Pourquoi vous en regardiez ? Ce que vous aimiez y voir ? Quand vos premiers désirs pornographiques s'étaient-ils allumés ? Qui vous avait éduquées à la sexualité : des parents, l'école, un amant, un site Internet ? Je voulais que vous m'emmeniez dans l'un de ces rares endroits où l'on est seul, la plupart du temps. Il y a les toilettes et la masturbation. C'est le deuxième qui m'intéressait.

Au départ, je ne savais pas trop si j'assumais de faire partie du récit. Mais comment demander à des femmes – des inconnues pour nombre d'entre elles – de m'ouvrir la porte de cette chambre, de m'emmener sous leur épaisse couverture, de m'allumer la lumière de leur écran de smartphone où des pénis géants pénètrent des sexes épilés, de me dévoiler leurs objets vibrants et de me raconter, sans leur culotte, l'énergie qui les parcourt… sans y mettre un peu du mien ? Compliqué. Si elles se dévoilaient, par solidarité, je le devais aussi. Comme au camping naturiste. Dans ce livre, on sera toutes à poil ou personne ne le sera. Alors j'ai dit ce sur quoi je fantasmais, ce qui m'excitait, me dégoûtait, m'interrogeait, me culpabilisait. Et j'en ai glissé un peu ici.

Dans le porno, je vois les confins de l'intime, les abysses de nos âmes excitées. On y révèle ce qu'il y a de moins poli, de plus brut, de plus honnête, de plus dissonant. Cet endroit dit beaucoup de nous. Il raconte nos histoires, mais aussi l'histoire des femmes de nos familles, la transmission de nos mères, de nos grands-mères, nos éducations sexuelles – souvent absentes –, nos désirs conscients et inconscients. Nos êtres politiques et nos « chemins de désir », comme les nomme habilement l'autrice Claire Richard, se rencontrent. Ici, devant cet URL qui contient le gros mot « porn ».

J'ai rencontré certaines de ces femmes, d'autres je les connaissais, ce sont des femmes de mon entourage, des amies parfois, des amies d'amies ou connaissances de connaissances. D'autres, je les ai simplement eues au téléphone après qu'elles eurent réagi à un appel à témoins. De fait, je connais moins d'elles. Toutes ont accepté de m'emmener dans leurs recoins intimes parce qu'elles veulent qu'on parle davantage de la sexualité féminine. Qu'on arrête de « naturaliser » leurs désirs. Qu'on arrête de penser que les femmes n'ont pas de fantasmes, qu'elles ne font que l'amour.

Je ne suis pas là pour porter de jugement sur la pratique. J'écris ces lignes comme une petite photographie, très ancrée dans son temps, de la pratique sexuelle de ces femmes. Ce travail est orienté par mon positionnement de femme blanche, journaliste, parisienne, d'une trentaine d'années – d'ailleurs c'est la génération la plus représentée dans ces témoignages, celle que j'ai le plus réussi à toucher. Mon public n'incarne malheureusement pas toutes les religions, ni toutes les catégories socioprofessionnelles. Il est aussi large que possible, avec une vingtaine de longs témoignages chez des femmes entre 17 et 80 ans venues de divers endroits en France, hétérosexuelles, bisexuelles, lesbiennes, transidentitaires. Je comptais faire comme dans mes articles et vous mentionner, à chaque fois, leur âge, leur profession, leur région. Mais je me suis ravisée en cours de route. Certaines risqueraient d'être reconnues. L'anonymat était la condition *sine qua non* de leurs confessions, et je tiens à ce qu'il soit aussi solide que possible. Elles ont donc des prénoms d'emprunt. Il y a une architecte, une chercheuse, des étudiantes, une personne sans emploi, des lycéennes, des journalistes, des retraitées, des enseignantes, une cinéaste, une productrice, une responsable de ressources humaines, une personne qui livre à vélo, une autre dans le théâtre, des actrices et réalisatrices de porno, des coordinatrices d'intimité…

Leurs positions ont sûrement déjà bougé depuis leur témoignage. D'ailleurs, certaines ont même évolué en cours d'écriture du livre et elles m'en ont fait part. Vous le verrez, tous ces récits sont empreints d'ambivalence. Le porno fait naître une montagne de questions, dont chaque réponse est une bifurcation. Parfois on revient en arrière, et on arrête d'en regarder. Dans certains chapitres, vous lirez que ces femmes ont pris conscience du problème fondamental du porno et qu'elles ont décidé de ne plus « contribuer » (leur mot) à cette industrie. Dans d'autres, vous lirez qu'elles continuent d'en regarder parce que – bon sang ! –, elles ont droit à leur espace de liberté intime de la manière qui les arrange pour jouir bien et vite, façon de dire arrêtez-donc-de-nous-faire-chier-partout, tout le temps. Dans d'autres encore, vous les lirez entre deux eaux : elles se sentent coupables d'en mater mais continuent de le faire, au prix de petits arrangements.

En me lançant dans ce projet, je pensais ne parler que de porno. Et c'est vrai que sur cette dernière année de travail, je n'ai jamais autant prononcé ce mot. Jamais autant évoqué les gang bangs, le hentai, jamais autant atterri sur Youporn, Revebebe, Bellesa, Pornhub et compagnie pour comprendre de quoi me parlaient mes témoins. J'espère d'ailleurs que mon historique Google ne finira pas entre de mauvaises mains. Je n'ai jamais autant reçu de regards gênés en répondant à la question « sur quoi tu travailles en ce moment ? ». Je n'ai jamais entendu autant de lieux communs sur la sexualité féminine, et sur celle des jeunes. Et je n'ai jamais tant reçu de confessions, pour certaines formulées pour la première fois à haute voix. Je suis une privilégiée. Vous m'avez invitée là où personne ne l'est jamais. Vous m'avez parlé sans filtre et je vous en remercie.

Mais contrairement à ce que je pensais, je n'ai pas du tout parlé que de porno. J'ai disserté à propos de couple, de désillusions, d'inquiétudes, de féminisme, d'engagement, de militantisme. Nous avons discuté de vos familles, de vos éducations, des transmissions conscientes et inconscientes de vos mères, de vos grands-mères. Sans grande surprise, on parle rarement de sa sexualité sans la contextualiser. Mais à ma grande surprise, le contexte, ce sont souvent nos parents. Qui eût cru qu'avant d'aborder votre fascination pour l'anal vous me parleriez des dîners en famille en 1992 ? Aussi bizarre que ça puisse paraître, on évoquera donc aussi ça, le début de nos histoires sexuelles, nos premiers émois, nos yeux d'enfants sur la chose, et nos yeux de petite fille, de jeune fille, de femme, posés sur cette première image pornographique.

Chapitre I

Le jour où j'ai vu du porno pour la première fois

Je suis bien emmerdée de le reconnaître, mais je ne me souviens pas vraiment de la première fois où j'ai regardé du porno. Je me souviens d'avoir vu des scènes de cul à la télé. Je me souviens d'une scène de cunnilingus dans un film supposé tout public, d'avoir bloqué devant, et d'avoir culpabilisé ensuite. La culpabilité, c'est un peu mon sentiment préféré, je la convoque presque aussi régulièrement que je bois du café. Et les cunnis télévisés, à 10 ans, je savais que c'était pas de mon âge. Ensuite, jeune adulte, je me revois mater le boulard de Canal+ un samedi soir chez mon amoureux de l'époque. Mais sans souvenir du contenu. Je n'étais plus une adolescente et je n'ai pas été traumatisée par ce que j'y ai vu, c'est tout ce que je peux vous en dire.

Je le précise parce que, ces derniers temps, le mot « porno » ne va plus sans son petit enchaînement favori : « les jeunes y sont accros ». Comme si tous les gosses étaient parfaitement naïfs jusqu'à ce que BAM, ils tombent sur une image de gros sexe luisant, bousillant sur-le-champ leur représentation sexuelle. Et les rendant, au passage, addicts à vie. Le même récit qu'on a pu me faire des jeux vidéo gamine, de la drogue (plus ou moins dure) jeune adulte. Je ne suis pas chercheuse et j'entends bien que le porno puisse abîmer nos imaginaires non préparés (on y reviendra d'ailleurs), mais parfois j'ai l'impression que le déroulé des événements : visionnage – traumatisme – addiction – qui conduirait les garçons à devenir des prédateurs sexuels et les filles des dévergondées, mériterait d'être un tout petit peu nuancé.

Figurez-vous que regarder du porno avant d'y être légalement autorisé n'a pas commencé avec Pornhub. C'était déjà le cas « de mon temps », comme dirait ma grand-mère. On n'y avait pas accès en deux clics, mais on piquait des magazines aux grands frères, on allait dans la petite pièce du fond du vidéoclub derrière le rideau rouge (ça, je m'en souviens bien). Avec un peu de chance on avait des parents abonnés à Canal+ et ils sortaient tard le samedi soir. Bref, on trouvait le moyen de voir des zizis poilus et des paires de seins sans dentelle, croyez-moi. Et déjà à l'époque, le sexe illustré n'avait rien d'un roman à l'eau de rose.

Si mon récit de première fois est un peu naze, qu'en est-il de celui de mes témoins ? Comment ont-elles atterri devant du porno ? À quoi ça ressemblait ? Quelle a été leur première impression ? Se sont-elles mises à en consommer sur-le-champ, tous les jours de la vie ?

Raconte-moi ta première fois pornographique

Par curiosité

Si vous aviez trouvé, à 11 ans, une cassette avec pour seul titre « X » en fouillant dans la table de nuit de votre père, qu'auriez-vous fait ? Moi, je vous le dis, j'aurais attendu d'être seule dans la baraque et je l'aurais glissée dans le magnéto. Plus ça avait l'air mystérieux, plus j'y allais. C'est exactement ce que me raconte Olga pour introduire ce chapitre sur les « premières fois pornographiques ». J'imagine que vous avez deviné sur quoi elle tombe en appuyant sur play ? Un film porno, et plus précisément celui d'un samedi soir de Canal+. Un classique indémodable. Olga est une femme qui me fait mourir de rire, qui a une façon de raconter des événements dramatiques comme s'ils étaient les plus drôles du monde. « La première scène, c'est une bande d'amis autour d'un barbecue, et puis ça finit en... tout le monde s'enfile, quoi ! C'est comme ça que j'ai commencé », plaisante-t-elle, comme si elle racontait un début de carrière dans le X en interview sur un plateau de télé. Ce premier visionnage en entraîne d'autres, avec une mécanique bien huilée. Quand ses parents sont absents, elle descend dans le salon avec la fameuse cassette (dont la bande est réactualisée au fil des mois, chouette !), ferme les volets du salon et se masturbe en regardant les scènes qui l'intéressent. La préado qu'elle est alors sait bien se servir de la télécommande du magnéto et appuie sur avance rapide parce que bon… soyons honnêtes, on n'est pas là pour regarder des gens manger de la viande grillée et boire du rouge. Entre les épisodes chauds, c'est longuet. À un moment, sans qu'elle se souvienne trop pourquoi ni quand, cette petite manie s'arrête, et elle n'en regarde plus, jusqu'à la vingtaine.

Par pur hasard

Comme moi, gamine, Betty était fan de Barbie. Je me souviens avoir collectionné une quantité invraisemblable de poupées botoxées et gagné une énorme maison Matel après un concours de dessins envoyé à la marque. Je me souviens aussi avoir fait « jouer au papa et à la maman » (au sens reproductif du terme) Ken et Barbie un grand nombre de fois. Frénétiquement. Mais là n'est pas le sujet. Betty avait un rêve (accessible, me direz-vous) : regarder *Barbie cœur de princesse.*

Je n'ai personnellement aucun souvenir de ce film, mais elle me raconte que ça commence par une femme adulte qui se met à raconter une histoire à une petite fille, pour lancer le dessin animé. Voilà comment elle a atterri sur du porno pour la première fois, par erreur.

« Je voulais que mon père me télécharge le film. Il m'avait dit oui, mais à une condition : quand la vidéo finissait d'être chargée, je n'avais pas le droit de l'ouvrir sans lui. À l'époque, ça prenait cinq heures. Après cette longue attente, le truc est finalement prêt, la vidéo est là. Mais mon père est parti promener le chien ! Je me dis que je ne vais pas attendre encore une heure ! Quand je clique sur la vidéo et que je vois une blonde à l'écran, je ne me méfie pas. Je ne perds pas espoir de voir mon dessin animé. Mais quand elle commence à se foutre dans le lit, je capte que ça va pas être *Barbie cœur de princesse* le sujet de la vidéo. J'ai dû regarder cinq minutes… J'ai vu deux corps se rouler un peu dans tous les sens. Pour moi ça n'avait rien de sexuel. J'étais juste super vénère parce que ça voulait dire qu'il allait encore falloir attendre cinq heures de téléchargement avant de pouvoir visionner mon dessin animé ! J'ai appelé ma mère, elle était hypergênée. »

Ça c'est la première expérience de Betty avec du porno, elle a oublié l'âge qu'elle avait à l'époque. Elle a 25 ans aujourd'hui. Je l'ai rencontrée à une projection Erika Lust à Paris, on a discuté à la fin de la séance et échangé nos numéros. Quelques mois plus tard, on s'est appelées pour parler de ce qu'elle regardait comme contenus explicites. Alors qu'on s'apprêtait à raccrocher, elle me raconte cette anecdote. Elle a tenu à me préciser au passage que cet événement ne l'avait pas convaincue de retourner sur un site de fesses immédiatement. Son histoire avec le porno a (re)commencé bien plus tard.

À cause des garçons

Il n'y a pas que la curiosité ou le hasard qui poussent les jeunes filles à poser leurs yeux sur des images de gens tout nus qui se caressent là où vous pensez. C'est souvent (encore) moins maîtrisé que ça. La contrainte fait partie des raisons souvent invoquées à cette « première fois ». Cette scène vous dira peut-être quelque chose : au collège, une fille fait tomber un stylo par terre et se baisse pour le ramasser, un garçon assis à côté d'elle se met à faire le mariole en mimant de se faire sucer. Il fait mine d'appuyer sur sa tête avec une main et se met à twerker en regardant ses potes, débordant de fierté. Vous l'avez ? Cette saynète reloue, je l'ai vue à maintes reprises durant ma tendre enfance, et entendue plusieurs fois au cours de cette enquête. On en arrive toutes au même constat : on se doute bien que la parade n'est pas venue à l'esprit du gamin par enchantement, simplement parce que ce n'est pas le genre de comportement qui nous vient instinctivement, quand on a 12 ans et demi. Ce qu'il interprète ici est le reflet d'un « classique » du porno mainstream, chez qui la fellation est un préambule à toutes formes d'ébats, et souvent lourdement appuyée par un gros bras musclé du type sucé.

Que les mecs en aient vu avant elles, et qu'ils se targuent de pas loin de 26 heures hebdomadaires sur les 36 semaines d'enseignement du calendrier scolaire : voilà ce qui amène pas mal de filles à en regarder, elles aussi. À force, certaines ont voulu comprendre ce qui agitait tant leurs camarades. D'autres y ont carrément été contraintes, ou lourdement encouragées par des copains (mais aussi par des copines) au motif que « ça va c'est drôle, détends-toi ! ».

À son insu. C'est comme ça qu'Ambre a ouvert les yeux sur le porno, un soir de fête. Ambre est une amie d'amie, une trentenaire pétillante et volubile, débordante de trucs à dire sur le porno et la masturbation. Nous ne nous connaissons pas tellement, en dehors de tout ce qu'on a pu se dire dans le domaine sexuel. Le boys club du lycée qui parle de performances sexuelles (peut-être pas les leurs d'ailleurs) et de ce qu'ils voient sur Pornhub, elle le connaît par cœur. C'est avec ce beau monde (un peu lourdingue mais pas méchant) qu'elle s'assoupit sur un canapé au milieu d'une soirée, à côté d'une copine. Quand elles se réveillent, ce ne sont pas des clips sur MTV qui défilent, mais des sexes en érection. « Ils avaient mis un porno pour nous faire une blague. Je me suis sentie honteuse. Alors qu'aujourd'hui, avec le recul, je me dis : quelle bande de petits cons ! Même si ça n'a duré que quelques secondes avant qu'on éteigne la télé, je me suis sentie forcée de voir ça, et je me souviens avoir eu la sensation de ne pas être en sécurité à ce moment-là. Mais comme j'avais 18 piges, que c'était le début de la fac, j'ai juste rigolé... Par la suite, on n'en a jamais reparlé. »

« C'est quoi l'intérêt de Twitch ? À quoi ça sert de regarder des gens jouer aux jeux vidéo ? » Ambre me pose la question au téléphone. Sur le coup, je ne vois pas bien le rapport. D'autant que j'y connais rien et que j'y porte assez peu d'intérêt. Justement, si elle me demande ça, c'est pour me faire comprendre à quel point, à cette époque, elle ne capte pas ce que les gens trouvent au porno. « J'avais du désir, une vie sexuelle à moi, mais le porno me passait vraiment au-dessus, je ne voyais pas ce qu'on lui trouvait. Regarder des gens forniquer... pour quoi faire ? » Jusqu'à cet épisode, tout du moins. De voir comme cet extrait la bouleverse, de saisir à quel point le porno est tabou... fait s'éveiller en elle un sentiment inédit, elle est intriguée. Elle veut comprendre pourquoi le porno a autant de succès chez les garçons qui l'entourent. « Alors j'ai commencé à en regarder par pure curiosité peu de temps après. Je me suis dit : ce truc est accessible, donc si tu es curieuse, va le chercher. Je suppose que je suis passée par Youporn mais le souvenir est flou. Je me revois, un peu honteuse, sur mon ordi le soir, cachée dans ma chambre chez mes parents. La première impression ? “Waouh ! OK, d’accord !” C’est un choc, je trouve ça violent. J’y arrivais avec un peu de naïveté je pense, persuadée que j’allais juste voir de petites vignettes, pas des vidéos en gros plan. J’ai vite refermé l’ordi et je n’ai rien regardé pendant un moment. »

Ce choc, il m’est aussi raconté par Eloïse, 31 ans. On ne se connaît que de loin, mais à force de voir de mes requêtes pornographiques passer en story Instagram, elle a fini par se décider à m’écrire. Elle est en quatrième ou cinquième quand elle voit sa première image à caractère explicite, dans la cour de récré. « Je vois des garçons qui rigolent autour d’un téléphone portable, il y a un petit attroupement. Alors je m’approche, et je découvre une vidéo de bifle. Un homme noir avec un très gros sexe l’utilise pour gifler une femme. Honnêtement, je ne pensais pas que c’était possible. Je me souviens du choc que j’ai ressenti, comme si c’était hier. C’est inscrit dans ma mémoire, l’image est ancrée, comme si j’avais vécu un traumatisme. » À ses yeux, cette vidéo est « sale, choquante, grave ».

« À cause des garçons… On met des bas nylon, on se crêpe le chignon », vous vous souvenez de cette chanson reprise par Yelle ? Moi je l'écoutais au collège, j'avais 14 ans quand elle est sortie. Quand je discute avec Assia, 18 ans aujourd'hui – à peine née quand je me contorsionnais à tenter de danser la Tecktonik sur ce son, donc –, c'est ce refrain qui me revient en tête. Tout simplement parce que c'est encore à cause des garçons que cette adolescente a fini par se connecter à Pornhub. La jeune femme, qui vient tout juste de fêter sa majorité, a un récit très construit, elle propose une analyse de tout ce qu'elle avance. C'est la première fois qu'une si jeune femme me parle aussi franchement de sa sexualité. Bien loin d'ignorer le tabou, un mot qu'elle prononce une dizaine de fois en vingt minutes de conversation téléphonique. Son histoire est semblable à celle d'Eloïse, de treize ans son aînée. « Je me souviens de ce garçon au collège, qui s'amusait à aller voir les filles et montrait sur son téléphone l'intro de Pornhub, pour voir si elles reconnaissaient de quoi il s'agissait. Je n'avais jamais regardé de porno mais j'ai reconnu, parce que c'est connu… Je lui ai dit : "mais enlève ça" et il a compris que je savais ce que c'était. Il a dit : "Aaah, tu regardes ça, c'est dégueu !" » À l'autre bout du fil, j'imagine aisément sa bouche se déformer de dégoût à l'entendre imiter ce ton.

Si la plupart de ces témoins ne sont pas devenues accros au premier visionnage – bien loin de là –, elles insistent souvent sur le fait que les garçons ont l'air d'en consommer à tire-larigot à l'adolescence. Au point d'engendrer une pression sur les jeunes filles. Assia me raconte ça : elle fait l'amour pour la première fois à 14 ans, avec un garçon très porté sur la chose. À chaque fois qu'ils se voient, il faut qu'un acte sexuel ait lieu entre eux. Quand ils commencent à sortir ensemble, elle n'a encore jamais regardé de X, elle ne sait pas comment faire, a peur que ses parents la surprennent… Ils en discutent et il lui donne des tips. Son initiation commence sur Pornhub. Elle y choisit plutôt des couples ou des vidéos de femmes parce que c'est plus « délicat », me dit-elle. « Lui regardait des vidéos de femmes hyper-dominées, de positions comme la levrette où c'était toujours un peu violent. Mais moi dans mon corps de fille de 14 ans, je me voyais pas faire les trucs de femmes des films… J'avais peur que ça me fasse mal. Le porno, c'est surtout lui qui m'en faisait regarder. » Quand elle est seule, elle se donne du plaisir, le plus souvent juste avec son imagination, mais elle regarde quand même quelques images pour nourrir cet imaginaire, de temps en temps, « je dirais dans 10 % des cas », encore aujourd'hui, quatre ans après cette première expérience.

Dis, Google, à quoi ça ressemble le sexe ?

Ça vous est déjà arrivé d'entendre quelqu'un prononcer un mot, de ne pas savoir de quoi il s'agit et d'acquiescer comme si ça vous parlait ? Moi oui, encore aujourd'hui j'ai du mal à demander qu'on m'explique. Je me sens conne, alors je sors mon rictus « bien entendu que je connais » et j'embraye bien vite sur autre chose. Une fois solo, je demande à Google qui a réponse à tout. Google, on l'a tous dans la poche, y compris mes témoins. Un jour, elles ont entendu ces termes : clitoris, fellation, squirt… Elles ont dégainé leur plus belle mine connaisseuse et ont filé écrire ça dans une barre de recherche. Soit, finalement, le seul interlocuteur qui promettait de leur répondre sans virer à l'écarlate. Et c'est parfois comme ça qu'elles ont vécu leur première fois pornographique, en cliquant au hasard sur un lien aguicheur intitulé « Elle jouit si fort qu'elle a presque touché le plafond », par exemple.

En les écoutant, je me retrouve à taper « clitoris », « comment faire une fellation », « comment squirter » dans ma barre de recherche, pour voir ce qui sort aujourd'hui. Les résultats ne sont pas pornographiques du tout : on me suggère des contenus plutôt éducatifs sur les sites de Durex, l'application menstruelle Flo, MyLubie (produits intimes). Ce qui me semble plutôt pas mal. D'autres liens sont moins rassurants, comme cette myriade d'articles issus de journaux féminins : comment (bien) faire une fellation, comment devenir une « experte » (carrément !). Mais à en croire mes témoins, les suggestions Google n'ont pas toujours été aussi polissées.

Betty n'avait pas appris grand-chose en quelques minutes devant (le faux) *Barbie cœur de princesse.* Quelques années plus tard, elle s'est posé cette fameuse question : la masturbation, c'est quoi au juste ? De ce qu'elle comprend, pour accéder au plaisir, la méthode est la suivante : se fourrer des doigts dans le vagin, touiller un peu et hop, jouir. Je mets quiconque au défi de grimper aux rideaux de la sorte. Sans préparation, sans excitation, se mettre un doigt dans le sexe n'a absolument rien de délicieux, c'est rugueux, ça tire. Et sur ce point, Betty et moi sommes d'accord. Alors elle a fait comme beaucoup de ses congénères, elle a demandé au web ce qu'il en savait. Elle me raconte : « J'ai tapé sur Internet : "comment se masturber ?" mais les conseils n'étaient vraiment pas terribles. Alors j'ai fini par me dire : allons-y, mettons un doigt. Mais j'étais pas excitée du tout, c'est comme se mettre un tampon sans avoir ses règles, c'est douloureux. » Désarçonnée, elle en vient vite à demander au web si elle ne souffre pas d'une malformation. Betty n'a pas tellement de sources d'information solides autour d'elle : au collège, les garçons parlent de porno « comme s'ils étaient obligés d'en regarder, que c'était physiologique, par besoin de se masturber », commente-t-elle. Ce que les filles en disent ? Que « c'est dégueu ». « Comme tu sais que ça existe, tu tapes des mots clefs dans ta barre de recherche… Et voilà, tu atterris sur du porno en cherchant des réponses… Je me souviens très bien du jour où j'ai tapé "cul" dans Google, je me suis dit : waouh je parle hyper crûment, je vais tomber sur des vidéos de malade ! » Des vidéos de malade, je ne sais pas si elle en a vu, mais des vidéos de fesses, certainement. Sa première impression n'est pas fantastique : « Tout avait l'air visqueux au possible, ça ne me donnait pas du tout envie », rit-elle au téléphone.

À travers ces images, entre autres, elle comprend vite que les mecs, ce n'est pas son truc. « Quand j'ai commencé à capter que j'étais attirée par les filles, ça s'est vite su autour de moi. Mes copines avaient leurs expériences de roulage de pelles dans les couloirs du collège, mais moi je n'avais pas ça, j'avais vachement de retard par rapport à elles. Pourtant, c'était à moi qu'on posait des questions super sexuelles, à la limite du harcèlement. Du style : comment tu vas faire sans bite ? Est-ce que vous passez votre temps à vous toucher le clito ? Mais moi j'étais ultra-naïve, clito je ne savais même pas ce que ça voulait dire ! À force qu'on me pose toutes ces questions, je m'en suis posé aussi. On m'imposait une sexualité que je n'avais même pas encore et à propos de laquelle je ne savais rien. Alors là aussi, j'ai cherché des infos. J'ai atterri sur du porno lesbien, et en regardant ça je me disais : j'aime les meufs mais j'ai vraiment pas envie d'un truc aussi humide. » Elle se met à rire, « c'est là que tu comprends que même si tu veux explorer ta sexualité, le porno te donne pas envie. Je trouve que ce support est hyperlégitime, il a vraiment sa place. Mais pour trouver des réponses quand on est jeune, c'est un peu de la merde ! Et puis franchement, des hétéras (femmes hétéros) qui se chatouillent avec des ongles de 5 centimètres de long… Ce n'était pas mon truc ». Betty trouve – comme beaucoup de femmes qui ont témoigné pour ce livre – que le porno lesbien mainstream manque cruellement de crédibilité.

Alors, à cette période de sa vie, elle s'oriente vers des contenus qui flirtent avec l'érotisme, plutôt que le porno : les séries *The L Word*, *Lip Service*, « qui racontent le quotidien de femmes dans des cercles lesbiens hyperconstruits. C'était très éloigné de ce que je vivais, mais on voyait l'alchimie, des représentations qui sonnaient vrai, ça me plaisait beaucoup plus que le désir artificiel du porno. Sauf qu'à un moment, c'est devenu assez limitant, parce qu'il n'y a pas de détails, et que j'ai eu envie d'images plus crues… ».

Mais qu'est-ce qu'on appelle « porno » au juste ? Si j'en crois la définition du Centre national de ressources textuelles et lexicales, c'est une « représentation de choses obscènes, sans préoccupation artistique et avec l'intention délibérée de provoquer l'excitation sexuelle du public auquel elles sont destinées ». Mais bon, quand il s'agit de porno, chacun a un peu son avis : le Robert n'est pas d'accord, il nous dégage la préoccupation artistique et simplifie. Ce n'est plus qu'une

« représentation de choses obscènes destinées à être communiquées au public ». Auquel cas, *The L Word* pourrait aussi être rangée dans la case porno. Comme toutes les séries, les BD, les films, les textes littéraires qui décrivent ou illustrent un peu précisément un coït…

Ludivine Demol Defe, docteure en sciences de l'information et de la communication, travaille sur le porno et sur l'impact qu'il a sur les jeunes. Elle cherche à répondre à une question qui nous titille tous : comment le porno les influence-t-il ? Pour mener ses travaux, elle a (notamment) été en contact avec beaucoup de femmes. Elle observe qu'avant de se mettre à consommer du porno, elles ont tendance à passer par des « productions culturelles intermédiaires » comme celles citées plus haut par Betty (considérées comme X par le Robert mais pas par le CNTRL, donc). « Ça leur permet de consommer des contenus sexuellement excitants, sans être stigmatisées pour leur intérêt pour la pornographie. Quand je parle de stigmate, il peut être intérieur, ou venir de l'extérieur : on considère que le porno est forcément misogyne, que celui qui en regarde a forcément un problème, on culpabilise, on ne se sent pas bien… », résume-t-elle. Alors on trouve des subterfuges. Les filles regardent du hentai, lisent des mangas érotiques, des BD érotiques, des séries un peu hot façon *True Blood*. « Avec ces contenus, elles commencent à ressentir quelque chose d'ordre sexuel, découvrent leur excitation et négocient avec leur identité féminine, en acceptant de pouvoir être excitées par autre chose que par l'amour. Ça, ce n'est pas quelque chose qu'on nous vend en tant que femme. On doit être excitées par le schéma du chevalier qui nous donne son cœur et son cul. Et une fois qu'elles ont découvert ça, elles s'autorisent à regarder de la pornographie. »

Films érotiques, BD, *Histoire d'O*… des débuts plus « softs »

Le film du dimanche soir, à minuit, sur M6 était plus érotique que pornographique, à en croire Deborah. Elle avait déjà vu de la pornographie, âgée de 7 ou 8 ans : une cassette dérobée au père de sa cousine. Pas convaincue à l'époque, plutôt mal à l'aise de l'expérience, elle n'a pas recommencé. Jusqu'à l'âge de 13 ans, un soir qu'elle se trouvait seule dans la chambre tout en haut de la maison de sa tante. Dans cette pièce merveilleuse de discrétion, il y a une télé. Et le soir tard, M6 diffuse des histoires très basiques dignes de mauvaises séries B : des films des années 1970, des films de la Bibliothèque rose, par exemple. Elle se souvient d'un en particulier, avec Penélope Cruz en soubrette dans un château. Ça devient son petit rendez-vous, deux fois par an, quand elle va dormir chez tata, se couche sur le coup de 23 heures et attend que le film commence, isolée là-haut, le son tout bas. Contrairement à ce qu'elle a entraperçu du porno, « ça ne fait pas salace du tout », commente-t-elle.

Pour certaines, ce sont des productions visuelles intermédiaires, pour d'autres des lectures. Alma fait partie de celles-là. Alma est quelqu'un de très sensible, qui adore parler de ce qu'elle ressent et écouter ce qui traverse les autres. Pour cette interview, nous avons passé un long moment toutes les deux. C'est la première personne qui s'est confiée à moi, un après-midi de mars. On s'est assises au milieu de mon salon, dans un rayon de soleil qui traversait la pièce, comme le font les chats, avec un thé fumant. Son premier porno, c'était à 12 ans, avec sa cousine (décidément, les cousines !) et une copine à elle dont les parents avaient toute une collection de DVD chauds, fièrement exposée dans le salon. De ce moment, elle ne se souvient pas de grand-chose, à part le sentiment de transgression, même pas si excitant que ça, qui l'a traversée. « Je n'ai pas cru que le porno c'était la vraie vie. Les grosses bites bien droites et les chattes pas poilues, non… », commente-t-elle, en précisant que jamais elle n'avait été sensibilisée à la question par ses parents. Elle vient d'une famille où on ne parle pas de ces choses-là – je me demande en écrivant cette phrase combien de fois vous allez la lire dans le livre…

Sans surprise, le plaisir, elle ne le découvre pas avec ce porno volé. « Je me souviens de ce livre d'éducation sexuelle à la maison, d'une représentation de coupe d'un pénis qui entre dans un vagin. Cette image m'a marquée. Je me masturbais en la regardant, petite. » Plus tard, elle lit *Christiane F., 13 ans, droguée et prostituée.* « Je relisais les scènes de sexe en me masturbant. Ce livre était caché, je le lisais le soir quand personne ne pouvait me voir. J'avais aussi *Histoire d'O*, de Pauline Réage, et *La Vie sexuelle de Catherine M*, de Catherine Millet. Ces livres racontaient la sexualité avec ses interdits, que j'ai vite transcendés, réutilisés dans ma propre sexualité. Le porno n'a pas participé à mon éducation sexuelle, même si je savais que ça existait. Ce n'est qu'après avoir construit ma vie sexuelle que je me suis demandé ce qu'il s'y passait. J'y ai eu recours quand j'ai eu une connexion Internet. C'est-à-dire tard, vers 30 ans. »

« Pour moi, il y a eu une éruption sexuelle. Tu ne t'y attends pas, et paf, ça te prend. C'est venu vers 11 ans, quand ma mère a eu un nouveau copain et que j'ai un beau-père à demeure. Avant ça, je n'étais qu'avec elle et ma sœur », commence Marie, 45 ans. C'est la seule personne qui a répondu à mon appel à témoins passé sur LinkedIn. On s'est eues plusieurs fois au téléphone. Comme elle a une vie bien remplie, on a parfois échangé par notes vocales interposées depuis WhatsApp. Je lui envoyais mes questions, elle me faisait ses petits récits de quelques minutes en réponse. « Ma mère avait fait les beaux-arts et était fan de bandes dessinées. On en avait de type érotique dans la bibliothèque, Manara par exemple. Je ne sais plus qui de l'œuf ou de la poule, si j'avais déjà du désir ou si c'est ça qui m'en a donné, mais en tout cas, j'ai commencé à voir des images érotiques avec ça. À la maison, on avait aussi un minitel, vers 13/14 ans, je tapais 3615 playboy et je lisais des histoires érotiques. C'était un peu violent pour moi. Je me souviens d'histoires vraiment crades : un mec qui se retrouve dans une salle de sport, va dans le vestiaire des femmes et toutes veulent baiser avec lui. Il y a une femme noire, il la choisit, mais comme elle a l'habitude de coucher avec des hommes noirs censés avoir de grands sexes, elle a le vagin plus large... Je m'en souviens très bien. Je pense que c'est assez traumatique. Et en même temps, c'était excitant, mais c'était crade, mais c'était excitant... C'est la honte qui a marqué ce moment », se souvient-elle.

Marie me raconte qu'à l'adolescence, elle est incontrôlable, elle a envie de se masturber partout, tout le temps, mais principalement la nuit. Pas de chance, elle dort dans la même chambre que sa sœur. Elle se caresse quand même. « À un moment ma mère nous a mises dans des chambres séparées et je n'ai pas pu m'empêcher de me demander si c'était à cause de ça, que ma sœur s'était plainte que je me masturbe la nuit... Je n'ai jamais eu la réponse. On n'en parle pas du tout, pas un mot. Et je trouve ça dommage de ne pas avoir été accompagnée dans ce moment. »

Je l'écoute me raconter ça et je me dis qu'il va falloir qu'on rembobine un peu et qu'on parle de nos parents. À chaque entretien, j'ai posé la question du contexte familial : comment s'était passée leur éducation sexuelle, avait-on parlé de plaisir, abordé le sujet du porno ? Je vous le donne en mille, la réponse se résume en un mot : néant. Elles ne savaient rien du sexe avant d'y être confrontées, parce que, à la maison, le sexe était celui-dont-on-ne-doit-pas-prononcer-le-nom, à part éventuellement si on avait une mycose. Même aujourd'hui, certaines ne se verraient pas aborder le sujet. Alors revenons aux bases : l'éducation sexuelle des filles.

Chapitre II

Masturbation, premiers émois… le tabou sexuel féminin en héritage

Si je vous parle ici de famille, c'est aussi parce que je me suis pas mal interrogée sur ma propre éducation à la sexualité. Je considérais en avoir reçu une. Mais, jeune adulte, il m'a bien fallu constater que ma représentation de la chose était très éloignée de celle de mes congénères du même âge. Elles y voyaient pour la plupart un terrain de jeu. Moi, un terrain miné où l'exercice consistait à éviter les bombes (mais à participer quand même). Sur le parcours clignotait en continu le néon « MST ». Grosso modo, pour moi, le sexe c'était : 1) risque d'attraper le sida (puis la syphilis, puis les chlamydiæ, puis l'hépatite B, puis de l'herpès… pour chaque ligne de la liste des IST, j'ai eu peur au moins une fois) ; 2) risque de tomber enceinte précocement. Je ne crois pas qu'on m'ait bourré le crâne de propos angoissants sur le sujet du coït, mais je ne crois pas non plus qu'on m'en ait beaucoup parlé, sauf pour m'avertir, me protéger. Il y a eu d'un côté le boulot – ridicule – de l'éducation nationale, peut-être deux interventions entre la sixième et la terminale : capote enfilée sur une banane qui fait hurler de rire l'assemblée, lettres HIV inscrites en majuscules sur le tableau à la craie. Et les discussions avec mes parents, un peu légères avec le recul, même si je sais qu'ils ont fait de leur mieux. Je suis l'aînée et je ne sais pas moi-même comment je m'y prendrai avec mes enfants. Je me souviens juste d'une vague discussion avec mon père en voiture, qui me dit « bon, il faut que je te parle d'un truc », et qui m'incite à « faire attention », à mettre un préservatif si d'aventure je me risque à rencontrer un détenteur de pénis sous un drap… Je me souviens aussi du malaise de ma mère quand, à 14 ans, je lui annonce – fière – que j'ai fait l'amour pour la première fois. Elle a fait tout ce qu'il fallait : prise de rendez-vous chez la gynécologue, pilule… Mais j'ai bien compris que pour parler de ces choses-là, elle ne serait pas mon interlocutrice. Et je le comprends. Mais qui allait bien pouvoir l'être ? Spoiler : personne ne veut de ce rôle-là. Après coup, je me rends compte qu'on passe nos vies à nous préparer à tout : on nous bassine avec le bac dès la petite section de maternelle, on nous demande de choisir un métier avant 18 ans, avant un voyage on réserve tout, on lit le Routard en long en large, bref on vit dans une société où on doit se tenir prêt, paré à toute éventualité. Sauf pour le sexe, qu'on vivra pourtant a priori tous, c'est zéro sur la prépa, « tu verras bien quand t'y seras ». Ce récit, je l'ai entendu quasi texto de la bouche de la majorité de mes témoins. Au fil des discussions, je me suis rendu compte que le problème avec la sexualité – surtout celle des filles – préexistait largement à l'adolescence et à l'idée d'avoir une relation sexuelle. Il commence dès la toute petite enfance.

Petites filles, merci de ranger vos premiers émois sexuels au jardin secret

Vous vous souvenez de la première fois où vous avez ressenti ce truc entre vos cuisses ? Je lui connais plein de petits noms : une énergie, une chaleur, une émotion, un émoi sexuel. En général, avant d'avoir une sexualité, et bien avant d'atterrir sur du porno, il s'est passé des choses à cet endroit-là. D'après ce qui m'a été confié, on accède d'abord à l'exploration de soi avant de faire appel aux outils qui aident à développer l'imaginaire, comme la pornographie. À quand remonte la première fois où elles ont pris conscience de ce qui pouvait se passer en bas ? Qu'est-ce qui l'a déclenché ? S'étaient-elles déjà masturbées ?

Je sais que j'avais dit que j'éviterais de vous bassiner avec ça, mais je craque et je vous redonne quelques chiffres à ce propos, qui me semblent éloquents. En commençant ce livre, je suis tombée sur la version 2006 de l'enquête *Contexte de la sexualité en France*, à l'initiative de l'ANRS. Cette enquête de grande ampleur affirmait que seulement 56,5 % des femmes interrogées déclaraient s'être déjà masturbées (contre 42,4 % en 1992). Comme c'est un travail visant à comparer les femmes et les hommes sur les questions de sexualité, ce chiffre est mis en regard, comme souvent, des réponses de ces messieurs, qui sont vachement plus nombreux à se tripoter : 89,9 % !

Alors que j'avais déjà presque fini d'écrire ces pages, les premiers résultats d'une nouvelle édition de cette enquête ont vu le jour. Rebaptisée *Contexte des sexualités en France*, elle a été menée auprès de 31 518 personnes. Sur le front de la masturbation, parmi les témoins de 18 à 69 ans, les hommes sont un tout petit peu plus nombreux qu'avant (92,6 %) mais c'est surtout du côté des femmes que le chiffre a nettement augmenté : +12,9 % par rapport à 2006, pour un total de 72,9 %.

Je dois vous avouer que ça ne m'a pas franchement arrangée, parce que je m'apprêtais à rebondir sur une phrase que les chercheurs avaient écrite dans la précédente version. Voilà qui a donc flingué mon déroulé. Mais je vous la remets ici parce que, bien qu'obsolète aujourd'hui, elle me paraît intéressante : « Pour les hommes en revanche, la masturbation est une sorte de tout premier contact avec la sexualité », notaient donc les chercheurs, dans l'édition de 2006. « En revanche » : comme si, pour les femmes, la sexualité ne commençait pas par se toucher soi-même. Comme si ce premier contact était un truc réservé aux garçons. Vraiment ? C'est bizarre parce que tant dans mon expérience personnelle qu'à travers les témoignages que j'ai reçus pour ce texte, j'ai constaté que les femmes aussi entamaient souvent leur sexualité de la sorte. À un moment, on a découvert qu'il se passait un truc pas désagréable dans la région sud de nos corps… Intriguées, on a décidé de voir ce qu'on pouvait en tirer.

Il y a l'épisode que je vous racontais plus haut, sur la rampe d'escalier. Mais pour le *dry humping*, soit le fait de se frotter sans échange de fluides (un terme qu'on utilise pour les humains, qu'importe leur âge, mais aussi pour les chiens, soit dit en passant), il n'y a pas eu que cette brave rampe d'escalier. Il y avait aussi… mes copines ! Un peu plus tard, vers 7 ou 8 ans je dirais. Dans le répertoire de jeux avec elles, il y a plein de scénarios. Inventer des comédies musicales, se déguiser en femme (aka enfiler une paire de talons hauts, du rouge à lèvres, une robe de princesse et finir en Barbie barbouillée de maquillage à deux euros), jouer à la maîtresse et enfin mon préféré : « au papa et à la maman ». Celui-là, j'y joue beaucoup avec une amie d'enfance dont je tais le nom parce qu'elle pourrait rougir de se lire ici. Grosso modo, de ce qui m'est resté en mémoire, le jeu consiste à être allongées l'une contre l'autre et à se rouler des pelles en se tripotant un peu. Nous sommes toutes les deux consentantes, je le précise à toutes fins utiles. Je ne sais pas si c'est ce qu'on imaginait du boulot de parents, mais je pense qu'aujourd'hui – surtout pour elle qui l'est devenue – cette vision du « papa et la maman » doit paraître un brin légère. Dans nos têtes d'enfants, j'imagine aussi qu'on se dit que c'est comme ça qu'on fabrique un bébé. Évidemment ça ne donne rien de ce côté, mais ça ne nous décourage pas : on recommence, souvent, quand on dort ensemble. Très tôt dans ma vie, donc, j'expérimente ce contact physique intime, je ressens cette excitation que je retrouverai des années plus tard. Ce contact n'est pas porteur de sens, je ne suis pas amoureuse de cette amie, je ne suis pas excitée par elle en dehors de ce jeu, on teste juste des choses ensemble, et j'en déduis que le truc entre mes jambes à quelque chose à dire. Évidemment, en grandissant, quand j'y repense, je suis morte de honte, je me dis que j'ai été une gamine tordue, que c'est trop bizarre de jouer à ça… Ça alimente l'angoisse dont je parlais plus tôt. Il m'a fallu quelques années, des tas de discussions, des livres… pour comprendre que j'étais loin d'être un cas à part.

Olga me fait un récit assez similaire. C'est l'une des personnes les plus libérées sur la question du sexe que je connaisse, elle en parle sans filtre. C'est elle qui nous racontait avoir dérobé la cassette « X » de son père au début de l'adolescence. Autour d'un verre de vin rouge un soir d'automne, elle me confie un souvenir d'enfance qui l'amuse beaucoup. Olga est fille d'institutrice. En primaire, elle est scolarisée dans l'établissement où travaille sa maman. Après l'école, elle reste sur place en attendant que sa mère ait fini ses réunions – les enfants d'instits se reconnaîtront là-dedans. L'école devient un terrain de jeu privé super excitant. Dans tous les sens du terme, voyez un peu. Une des collègues de la maman d'Olga fait pareil avec sa fille, Astrid. J'imagine que les mères doivent trouver ça super de voir les petites s'occuper entre elles en les attendant. Le pied ! Elles n'ont pas idée… Avec la fameuse Astrid, elles se retrouvent dans la bibliothèque où trône une espèce de minibus, un jeu en bois pour enfants. Elles y entrent et s'y tripotent, se masturbent l'une l'autre, avant d'en ressortir les cheveux en l'air, la joue rougie d'effort. C'est leur petit rendez-vous chaque fois qu'elles en ont l'occasion. Cette anecdote, Olga en est fan, elle la fait beaucoup rire. Et moi aussi.

Avant même d'être en capacité de s'en souvenir, Olga se frottait déjà. Son outil ordinaire, c'était l'accoudoir du canapé. Le jour où elle s'y est adonnée devant ses grands-parents, sa mère est intervenue : c'était là son « jardin secret », elle devait le faire dans l'intimité. « Je n'en ai pas de souvenir, c'est le récit qu'elle m'en a fait. Mais je sais que je me suis masturbée très jeune et que je l'ai toujours fait. Je n'ai jamais ressenti une quelconque gêne à le faire, peut-être parce que la sexualité n'a jamais été taboue dans ma famille. » Elle s'arrête, marque un temps, et précise : « Mais quand même, ça reste un truc un peu coquin : je ne le faisais que dans mon lit, dans le noir, sous la couette, il ne fallait surtout pas qu'on puisse m'entendre… Je savais qu'autour de moi personne ne le faisait. » Quand je lui demande comment elle savait ça, elle réfléchit et répond : « Je ne sais pas comment je savais, je n'ai pas souvenir de discussions. J'ai peut-être juste intégré l'idée que j'étais la seule à le faire. Personne n'en parlait, évidemment… »

Cette expression « jardin secret » m'interpelle. D'un côté, elle laisse entendre qu'on ne se masturbe pas en public. Bon, ça s'entend. Mais « secret » est un mot qui veut dire plein de choses : outre l'idée que ce soit fait à l'abri des regards, il veut aussi dire « qui ne doit être répété à personne, qui doit être caché ». Pourquoi, au juste ?

En l'entendant prononcer cette expression – qui ne m'avait jamais questionnée jusque-là –, un souvenir me revient. Je suis à un déjeuner chez une amie de mes parents, je dois avoir 12 ans. Elle a deux enfants, un garçon de trois ans de moins que moi, et une fille de mon âge. Cette dernière avait surpris son frère qui se masturbait et l'avait répété (devant tout le monde, sympa !) à table à sa mère. Laquelle lui avait répondu de lui foutre la paix, de le laisser se tripoter tranquille.

Quoi de plus naturel qu'une branlette pour les détenteurs de pénis, après tout ?

Au fil de mes discussions avec les femmes qui m'ont aidée à écrire ce livre, j'ai remarqué que le sujet n'avait jamais été aussi serein du côté des détentrices de vagin. Un garçon qui se masturbe, c'est banal, on en sourit. Une petite fille qui s'explore, souvent, ça gêne. On évite (bien sûr) de le montrer, mais idéalement aussi d'en parler. Vous avez déjà entendu un homme raconter qu'il était gêné de s'être masturbé enfant ? Qu'il s'était demandé s'il était bizarre de faire ça ? Qu'il avait eu honte de découvrir ce que son corps pouvait faire (dans l'intimité, j'entends) ?

Ne te masturbe pas, ma fille !

Comme le disait justement Olga, personne n'en parle ouvertement, mais on est nombreuses à le faire. Sur mon écran d'ordinateur, il y a Sina, 35 ans. Elle habite en Asie, alors on échange par visio. On se connaît depuis une petite dizaine d'années, c'est l'une des deux amies qui m'a confié se masturber depuis ses 3 ans dont je vous parlais en préambule. J'ai tout suivi de ses péripéties sexuelles et amoureuses. Elle aussi, c'est une femme libre qui s'exprime sans une once de gêne à propos de ses histoires de fesses. Pourtant, son histoire masturbatoire n'a pas débuté dans la plus grande décontraction. Elle fait partie de celles qui ont été immédiatement réprimandées. Son enfance, elle la passe à quelques appartements d'écart d'une famille laotienne, en banlieue parisienne. Avec une voisine de son âge, elles sont dans la même classe de moyenne section de maternelle. À l'heure de la sieste collective à l'école, elles ne se contentent pas de dormir. « Ensemble, on utilise la couette qu'on nous donne et on se frotte au sol pour se faire jouir. Ma voisine dit que ça lui donne de l'énergie de se toucher à cet endroit-là. Je me souviens que moi, à l'époque, je ne comprends pas ce qu'elle veut dire avec ce mot. Je n'en connais pas trop le sens. D'autant que, quand je me réfère à la page « énergie » de mon Hachette illustré, je tombe sur des images d'usines, de fumées. Je ne vois donc pas franchement le rapport. Ce dont je me souviens bien, c'est qu'à un moment donné, nos parents ont appris qu'on faisait ça et n'ont pas vu pas la chose d'un bon œil. Le mot laotien pour le mentionner m'est longtemps resté en tête… » Le mot restera un mystère, il lui a échappé depuis, dommage ! « Ils nous avaient clairement dit qu'on devait arrêter de le faire, que ce n'était pas bien. C'est comme ça que j'ai découvert la masturbation, comme un truc gênant, interdit… Alors que je sais aujourd'hui que c'est assez naturel chez les enfants, qu'ils cherchent à comprendre leur corps. »

Figurez-vous que cette curiosité pour l'entrejambe arriverait même avant le stade du petit enfant. Les zones érogènes sont là dès le départ, à l'état de fœtus, si l'on en croit le (super) guide *Mon sexe & moi* (gratos) sur le site de l'Université de Genève, illustré par Zep et coécrit par Elvire Duvelle-Charles, du compte Instagram Clitrévolution. « Les fœtus se touchent déjà les parties génitales avant la naissance, et après aussi, parce que c'est agréable. » Tout simplement. Pourquoi chercher plus loin ?

Quand on parle d'enfants et de parties intimes, Freud débarque souvent dans la conversation. Eric Bidaud, psychologue et psychanalyste, notamment auteur de *Du corps poétique au corps pornographique à l'adolescence*, m'explique pourquoi : « Pour Freud, un enfant, dans sa période préœdipienne, a toute une activité psychique qui échappe à l'adulte, il va être intéressé très vite par le corps de l'autre, la jouissance de l'autre, il va vouloir voir ce qui se passe dans les toilettes, va se promener nu avec un grand plaisir… il n'y a pas de relation sexuelle au sens adulte du terme, mais Freud parle de préoccupation sexuelle perverse. Les enfants ont un rapport "multifacettes" à la question du corps de l'autre. Et d'ailleurs, ils se masturbent très vite, très tôt », rebondit-il.

« Ces zones permettent de libérer des hormones, comme la sérotonine, de la dopamine, c'est le meilleur "bouton" pour faire redescendre le système nerveux, l'apaiser, se préparer au sommeil… », ajoute Miriam Felix, cofondatrice de l'Institut français de l'accompagnement pour la santé sexuelle infantile. Le problème, c'est que les adultes voient ça comme quelque chose de sexuel, alors que parfois ça ne l'est pas. Elle m'explique que l'idée que se toucher n'est pas propre est transmise de génération en génération, sans même qu'on le conscientise, parfois. Souvent c'est plus insidieux que chez Sina, on voit son enfant jouer avec son sexe en regardant la télévision et on lui dit d'arrêter. On voit sa fille les jambes écartées sur le canapé et on lui demande de les resserrer, de bien se tenir. Bref, on distille tout un tas d'indices qui amènent à penser que ce qui se passe sous la ceinture est tabou.

« Tu mets une culotte sous un vêtement, ça prouve bien qu'il n'est pas question de le montrer… Du coup, je comprends tout de suite que ce que je fais quand je me touche, ce n'est pas bien », me raconte justement Louise, 31 ans, à une terrasse de café bondée. On est au mois de mai 2024, il pleut des cordes. Sous la terrasse couverte, il n'y a plus de place. Louise a attrapé une table et deux chaises qu'elle est venue installer sous l'abri, collée à une famille de touristes un poil perturbée par notre entrée fracassante. C'est une femme qui irradie un sentiment de confiance en elle immédiat. Contrairement à la plupart de mes témoins qui préfèrent un discret coup de fil le week-end, elle a choisi un lieu public pour se confier. De fait, je l'imagine être une femme très ouverte et à l'aise sur les questions de sexualité. Mais comme souvent, quand on plonge dans l'intime, je me trompe un peu. Louise a plus de réserves que je ne pensais, elle qui parle fort et se fiche d'être entendue d'ordinaire, baisse la voix sur quelques mots, souligne qu'elle verbalise pour la première fois. Elle me confie un secret. Dont elle sait pourtant qu'il va finir dans un livre – anonymement bien sûr.

Elle a découvert la masturbation quand elle avait 11 ans. Ça a commencé parce qu'elle était « frustrée », dit-elle, sans trop savoir de quoi. En réponse, ses mains sont descendues vers son sexe et elle a trouvé un apaisement, puis du plaisir, et bientôt de la jouissance. Elle baisse le ton, « je sentais instinctivement que c'était en me touchant que j'allais répondre à ma frustration ». Elle fait ces mouvements « bizarres » vers son vagin, sans savoir où ça va la mener. Après quelques essais, elle a un orgasme. « Je me suis dit : est-ce que c'est normal d'avoir cette réaction à la fin ? Et en même temps : mais c'est trop bien de pouvoir réussir à faire ça ! » Le mouvement est alors mécanique, sans pensée érotique derrière.

Elle vient d'une famille où le sexe, on n'en parle pas, même de manière détournée. La mère est décrite comme « réservée », venant d'une famille de pieds-noirs, d'ingénieurs militaires, une liste d'ingrédients qui, à l'en croire, ne font pas bon ménage avec l'idée d'éveiller son enfant à la sexualité. Même les règles, on ne lui en dit rien avant qu'elle ne découvre du sang au fond de sa culotte. Alors de là à parler de se masser les parties génitales… S'il y a bien un truc qu'elle a compris qu'il fallait cacher, c'est celui-là. Mais l'opération est satisfaisante, alors elle la répète « tout le temps ».

Je fais un rapide crochet par la suite de ses aventures sexuelles pour que vous compreniez le tabou qui pèse sur le sujet dans la famille. Quand elle vit sa « première fois » à 18 ans, la tentative de protection de la literie échoue. Une tache rouge marque le drap. Elle est chez son petit copain de l'époque et emporte le drap pour le nettoyer chez elle. « J'étais en train de dormir et mes parents me réveillent pour que je vienne les voir dans leur chambre. Ma mère a trouvé le drap dans mon sac en voulant ranger mes affaires. Ils sont inquiets de savoir ce que c'est, de comprendre si je n'ai pas été maltraitée », raconte Louise. Dans un face-à-face plus que gênant, au beau milieu de la chambre parentale, à 3 heures du matin, « je me retrouve à parler de ma première fois avec un drap ensanglanté comme témoin. Merci pour l'expérience ! ». Elle me fait ce récit avec un humour encore teinté d'amertume, plus de dix ans plus tard. Après cet événement, le sujet est resté clos entre eux.

Vers 14 ans, ses premières copines sexuellement actives racontent que leurs partenaires les touchent de la même manière qu'elle le faisait elle-même. Elle comprend donc que ce qu'elle fait en secret depuis quelques années déjà est un acte commun. « Mais aucune d'entre nous ne parlait de la masturbation en soi. Quand on jouait à "je n'ai jamais" et que la question tombait là-dessus, j'ai toujours répondu "non". Vers 24 ou 25 ans, j'ai commencé à le dire, mais j'attendais qu'une fille en parle et je me contentais d'un "moi aussi". »

Cette intuition que le geste est interdit, Ambre – qui a découvert le porno par surprise en se réveillant sur le canapé avec une copine en soirée – l'a aussi. Elle vient pourtant d'une famille qu'elle décrit plutôt ouverte sur la question, moins guindée que chez Louise. Petite, elle a découvert le plaisir grâce à « la magie du jet d'eau à la piscine », résume-t-elle. « Depuis le départ, je sais aussi que ce n'est pas OK. Et je trouve ça injuste. On normalise la masturbation masculine. Il n'y a qu'à voir le nombre de films où un mec se masturbe et tout autour l'idée que "ben oui, mais les mecs en ont besoin, eux !" » s'exclame-t-elle. Du côté féminin, elle se souvient n'avoir eu presque aucune représentation de ça, et certainement pas de récit qui lui permette de se dire qu'elle pouvait légitimement en profiter. « Dans un épisode des *Frères Scott*, je me souviens de deux phrases à propos du personnage de Brooke qui avait été surprise en train de se toucher. C'était la honte absolue. Ça m'a marquée. Si c'est la honte pour eux dans cette série, alors c'est la honte pour moi. » À l'écouter, je me demande si j'avais des référentiels avant de devenir adulte. Hormis dans des séries sur le sujet du sexe que j'avais dérobées dans la bibliothèque DVD de mon père – rien de traumatisant hein, *Sex and the City*, *The L Word* – je n'ai rien qui me revienne. Même aujourd'hui, quand je cherche une scène de masturbation féminine cinématographique, j'ai du mal à trouver. Alors que du côté masculin ça fuse : la scène de la tarte dans *American Pie*, celle de la chaussette dans *Les Beaux Gosses*, me viennent automatiquement à l'esprit.

« La logique de la masturbation, je l'ai comprise tout de suite : ça fait du bien, alors il ne faut pas que je le dise », reprend Ambre. « Donc c'était soit dans la salle de bains, musique à fond, porte fermée à clef. Soit dans ma chambre. Je me revois, enfant, me lever pour fermer la porte, me donner du plaisir et ensuite la rouvrir. Parce que chez moi, la porte de ma chambre était toujours ouverte… Je trouve qu'il y a un tabou de base à se masturber quand on est une femme. »

Ambre a passé 30 ans, et en l'écoutant je reconnais mon propre ressenti. Je pensais – un peu naïvement – que ce récit avait disparu avec notre génération, parce qu'on parle nettement plus de masturbation aujourd'hui. Mais je me trompais. Alice, 17 ans, m'appelle juste après avoir fini ses épreuves du bac, l'écrit et le grand oral. C'est le début de ses vacances scolaires. Je la sens détendue au téléphone. Je sens aussi que c'est une jeune femme qui a beaucoup réfléchi à la question de la sexualité et du porno, elle en parle bien, avec beaucoup d'analyse. La masturbation, elle en a discuté avec des amies. « Certaines sont à l'aise sur la question, regardent du porno, se masturbent. Mais une de mes potes avait carrément un blocage, ça la dégoûtait rien que d'y penser. Certaines d'entre nous ont intériorisé que se masturber est rebutant. Alors que du côté des garçons, j'en entends parler depuis la sixième ! Limite c'est un truc dont ils se vantent, ils en parlent librement. » Mais d'où vient donc cet écart de vécu entre les genres ?

Le mythe de la « petite fille propre »

Pourquoi l'autostimulation des (petites) filles dérange-t-elle tant ?

Sur le plan anatomique, on n'est pas égaux pour commencer, comme le rappellent Frédérique Saint-Pierre, psychologue, et Christèle Millard, travailleuse sociale au Québec, autrices de *La Sexualité de mon enfant de 0 à 12 ans : le guide complet.* « Le petit garçon a facilement accès à ses organes génitaux, les manipulations de son pénis étant plus faciles et plus banalisées, ce qui n'est pas le cas pour les petites filles. Celles-ci n'ont pas accès, sans l'aide d'un miroir, à la vue de leurs organes génitaux. » Visuellement, donc, il y a un décalage. Mais sur le plan sociétal aussi : « Il y a une conception très ancrée de la petite fille douce et sous contrôle, par rapport au petit garçon. Il suffit d'aller sur une aire de jeux pour voir qu'on accepte beaucoup moins de comportements agités de la part des petites filles que des petits garçons. Dans la sphère sexuelle, elle doit aussi être “propre”. Et ce, même plus tard : c’est beaucoup plus accepté d’avoir un garçon qui a eu une expérience sexuelle à 14 ans, qu’une fille. On a peur du “dévergondage” de la fille à travers la découverte de son corps », reprend Miriam Felix.

En écho, Eric Bidaud parle d’une « pratique culpabilisée chez les filles, à l’image de leur sexualité entière ». Et l’anthropologue et psychiatre Philippe Brenot, auteur d’*Éloge de la masturbation* aux Éditions La Musardine, renchérit : « On n’a jamais expliqué aux femmes à quoi ça servait de se masturber. Autrefois, les grands-mères avaient des discours négatifs à ce propos, aujourd’hui, elles n’ont plus de discours, on n’en parle pas. C’est le dernier tabou de la morale sexuelle occidentale. » Et ce, pour une raison simple : le bien nommé « plaisir solitaire » va à l’encontre même du principe de la sexualité, qui vise à réunir les hommes et les femmes.

Nadia El Bouga, sage-femme et sexologue féministe, a un discours similaire : s’il était entendu que les femmes pouvaient prendre du plaisir toutes seules, à quoi serviraient les hommes au juste ? Elle commence par une petite mise au point lexicale : « Je ne peux pas travailler avec le mot masturbation. Il vient de *manus* en latin qui veut dire main, et de *stuprare* qui veut dire polluer, souiller, déshonorer. Dès l’origine, ce mot porte l’idée d’une faute morale. Je ne peux pas l’utiliser dans le combat qui est le mien… Je lui préfère le terme d’autoérotisme. » Pour des raisons pratiques de compréhension du plus grand nombre, et pour éviter d'avoir à trouver un synonyme à chaque occurrence du terme masturbation, une cinquantaine de fois dans ce livre, je vais continuer de l'utiliser. Mais je tenais à vous transmettre cette information à côté de laquelle j'étais passée pendant 32 ans de ma vie, et qui en dit long sur le tabou qui pèse sur la pratique. En plus d'être sexologue et d'être féministe, Nadia El Bouga est musulmane et porte le voile. Quand elle arrive dans une assemblée pour prendre la parole, elle voit dans les yeux de ses interlocuteurs que le discours attendu n'est pas celui qu'elle s'apprête à donner. Autour d'un déjeuner en terrasse, on parle des sexualités, d'inclusivité, de porno, de ce jour où elle a eu l'impression d'être « giflée » en ouvrant les yeux sur la misogynie qui régnait dans les services de gynécologie à l'hôpital, qu'elle raconte d'ailleurs dans son livre *La Sexualité dévoilée : Sexologue, féministe et musulmane*. Quand elle était étudiante sage-femme, elle a reçu aux urgences une jeune fille qui présentait des saignements, elle faisait une fausse couche. Mais la patiente assurait au personnel soignant ne jamais avoir eu de relations sexuelles pénétratives. Elle a été traitée avec le plus grand mépris par le gynéco présent ce jour-là. Personne ne l'a crue, sauf Nadia. « J'ai pris conscience que mes collègues diplômés, qu'ils soient gynécos ou sages-femmes, n'en savaient pas plus que moi sur la sexualité. L'intimité, le corps, les questions de désir et de plaisir restaient encore très taboues, même chez les professionnels de santé. » De voir à quel point la médecine était imprégnée par le patriarcat lui a donné envie de se spécialiser en sexologie, et en sociologie. « Les garçons entendent souvent que leur plaisir est normal, même attendu, valorisé. Pour les filles, il y a quelque chose à contrôler. Cet écart est culturel, il vient de siècles de contrôle des femmes, on a une vision très patriarcale du plaisir. On a beau être dans une ère où les sociétés de sextoys fleurissent, cela ne change pas la donne dans tous les esprits. Dans les microcosmes de classes moyennes, urbanisées, c'est entré dans les mœurs. Mais partout ailleurs, cela reste un tabou. Qui va d'ailleurs de pair avec le tabou de la pornographie », me dit-elle.

Mettons les points sur les « i », comme dirait ma mère : « la masturbation sert à la construction de la sexualité, à l'autonomie sexuelle », insiste Philippe Brenot, et c'est d'ailleurs précisément ce qui fait peur. La société patriarcale n'a pas du tout prévu qu'on prenne son pied toute seule. On risquerait d'y prendre goût et de fermer les portes du plaisir (partagé) aux hommes. Eux peuvent se masturber tant qu'ils veulent parce qu'ils ont « plus de besoins » que ces dernières, dans l'inconscient (et le conscient, soyons honnêtes) collectif. Ils ont envie et besoin des deux. Donc ils y ont droit. Au motif que les femmes auraient moins de besoins, autant éviter qu'elles découvrent pouvoir prendre du plaisir en solitaire, sinon personne ne se reproduira plus et ce sera la fin de l'humanité (en caricaturant à peine). « L'idéal, c'est le conte de fées : un prince charmant qui offrira le plaisir aux femmes, pour que la sexualité et l'affection soient liées », abrège Philippe Brenot.

Mais le serpent se mord alors la queue (sans mauvais jeu de mots) : moins les femmes en savent sur leur sexualité, et moins elles prennent de plaisir avec leur partenaire. « Le fait d'avoir une masturbation régulière va donner accès au plaisir extra-facile. La sexualité s'apprend d'abord avec soi. C'est pour ça d'ailleurs que les garçons ont moins de mal à prendre du plaisir que les femmes ! » insiste l'anthropologue. Or, s'il fut un temps où on s'en fichait pas mal que les femmes prennent leur pied au lit, c'est moins le cas aujourd'hui. N'oublions pas que la conception de la vie sexuelle épanouissante est relativement nouvelle. Il rappelle que la première enquête sexuelle, le rapport Simon, paru en 1972, soulignait que les femmes avaient dans leur vie 1,8 partenaire, contre 11 pour les hommes. Autrement dit, mon grand-père a appris la sexualité au fil de diverses expériences mais pas ma grand-mère, qui n'a eu qu'un seul exemple. Comment aurait-elle pu ensuite me transmettre quoi que ce soit sur la question ?

Je vous le disais en préambule, je me pensais tordue d'avoir découvert la masturbation si vite, si jeune. Mener cette enquête et récolter ces témoignages a continué de me rassurer de ce point de vue, et m'a permis de comprendre que mon interrogation – « Est-ce que c'est bizarre de faire ça ? » – était plutôt légitime : « Quand un enfant n'entend pas parler de quelque chose, il pense que ça n'existe pas. Mais s'il a un besoin physiologique de le faire, il va s'y adonner et se dire que ce n'est pas normal. Du coup, il n'ose pas en parler et demander aux autres s'ils le font », termine Miriam Felix. Voilà comment le tabou de la masturbation creuse tranquillement son trou.

La chose est si secrète, si taboue, que certaines se masturbent sans même savoir quel nom ça porte, jusqu'à tardivement. Pour un article dans lequel j'abordais le sujet de la masturbation féminine, paru en novembre 2024 dans *Le Monde*, j'ai rencontré une femme de 38 ans, mère de trois enfants, avec une vie sympa, un bon boulot, tout ce qui va bien. Pendant longtemps, elle a pensé qu'elle ne se masturbait pas, faute de représentation. « Pour moi, le schéma c'était : les mecs se branlent, les filles se mettent des doigts. » Elle, elle se donnait du plaisir sans pénétration en se caressant, se frottant… Conclusion : pas de la masturbation ! « Je n'ai pas eu d'éducation sexuelle mais je savais qu'il fallait que je le fasse à l'abri des regards. Avec mes copines, on n'en parlait pas. J'ai été à l'aise avec ça tard, quand j'ai eu plus de relations sexuelles, mais jamais je n'aurais pu me masturber devant un mec. »

Ne pas savoir ce qu'on fait exactement. Ne pas savoir comment ça s'appelle. Et découvrir un jour dans un film que ce geste qu'on connaît si bien porte un nom. Est-ce le cas de beaucoup de filles, voire de femmes ? Est-ce que ça pourrait expliquer qu'elles aient été si peu nombreuses à déclarer le faire dans l'enquête parue en 2006 sur la sexualité des Français ? Dans un contexte où la masturbation des filles est si longtemps restée dans l'ombre, comment pourrait-elle être une pratique assumée ?

En écrivant ce livre, j'ai découvert un podcast : *Débauche*, produit par la plateforme d'audio érotique Femtasy, animé par Lisa Demma (la rédactrice en chef de la version française de la plateforme) et l'écrivaine Camille Laurens. J'arrive un peu tard parce qu'il y a déjà trois saisons. Mais je voulais vous en dire deux mots parce qu'un épisode m'a marquée. Le numéro 3 de la saison 2 : *Plaisir solo et masturbation*, avec Elvire Duvelle-Charles. Les trois femmes parlent de leurs premiers émois sexuels et des premières images évocatrices qu'elles ont vues. Les deux intervieweuses racontent qu'enfants, leurs parents évitaient qu'elles voient des scènes d'amour quand ils regardaient un film ensemble. Quand une scène suggestive apparaissait à l'écran, les parents de l'une lui cachaient les yeux, « un moment de gêne, on arrêtait de respirer », décrit-elle. Les parents de l'autre appuyaient sur avance rapide. Ça m'a fascinée d'entendre ça, et ça m'a rappelé ces parents qui coupent les passages tristes dans les Disney pour « protéger » leurs bambins. Nous éviter de voir une scène de sexe à l'adolescence, ça nous protège de quoi au juste ? Et du coup, à partir de quand on a droit à une représentation de la chose ? 18 ans ? Je ne sais pas vous mais moi, ado, moins on voulait que j'en sache et plus ça me rendait curieuse… Voilà qui me fait une transition parfaite vers ma prochaine question : le porno n'attire-t-il que celles qui ne savent rien et n'ont rien vu de la chose sexuelle ?

Curiosité pornographique et éducation sexuelle

C'est un dimanche de mai 2024. Je déjeune dans ma famille. « Et sinon, sur quoi tu travailles en ce moment ? » me demande une tante. Quand vous planchez sur un livre qui parle de porno, la réponse est toujours hésitante. Je le dis, je le dis pas ? Je finis par résumer en quelques mots, en me disant que si ce livre voit le jour – puisque vous lisez ces lignes, c'est bingo – il faudra bien que j'en parle.

Du tac au tac, elle me répond exactement ce à quoi je m'attendais en prononçant le gros mot porno – faites le test avec des gens de plus de 45 ans, vous verrez – : « C'est un fléau chez les jeunes. » Cette réponse me fait sourire. Pour moi, ils prennent le problème à l'envers. Le problème n'est pas que le porno existe, c'est qu'on n'ait « que » ça (de facilement accessible en tout cas) pour se renseigner. Moins on en sait sur le cul, plus on veut en savoir, et plus on a du mal à trier la qualité des contenus. C'est une règle basique, ça fonctionne pour tous types d'informations : plus on est éduqués à s'informer, mieux on s'informe, en recoupant ses sources, en faisant preuve d'esprit critique…

Donc j'ai envie de lui rétorquer :

Les jeunes ont toujours été intrigués par les représentations sexuelles. Tes enfants ont sûrement, au mieux, survolé un magazine X, au pire dérobé une cassette du rayon caché du Vidéo Futur à une soirée entre copains, bien avant que ce ne soit le "mal du siècle" officiel sous l'URL Pornhub.

« Plus les adultes font l'autruche, plus les jeunes s'y retrouvent confrontés. Si les jeunes avaient des réponses sur la façon de se servir d'un clitoris, ils auraient peut-être mieux à faire qu'aller se renseigner sur Youporn. »

Mais sur le coup, je me dégonfle et je dis juste qu'à mon avis l'utilisation du porno est plutôt un symptôme que la cause des problèmes du chapitre « sexualités » des moins de 18 ans. La discussion s'arrête là, dans un maigre sourire gêné.

Est-ce que je me fiche un doigt dans l'œil en pensant que moins on nous en dit, plus on a envie de regarder du porno ? En juillet 2024, une étude parue dans la revue américaine *Archives of Sexual Behavior* s'est penchée sur ma question. L'enquête s'est appuyée sur le témoignage de 866 femmes américaines âgées de 18 à 34 ans, dont 421 déclarent consommer de la pornographie.

Elles ont reçu plusieurs programmes d'éducation à la sexualité pendant le lycée, en fonction de l'état dans lequel elles ont été scolarisées. Selon l'orientation politique des États, aux USA, les cours d'éducation à la sexualité dispensés sont très différents. Mais globalement, l'étude identifie trois grandes familles : « Certains États, historiquement républicains, exigent une éducation sexuelle axée uniquement sur l'abstinence (AOSE) ou encouragent et allouent fortement des fonds à une telle éducation ; d'autres États, historiquement démocrates, imposent une éducation sexuelle axée sur la prévention du VIH/IST, tandis que plusieurs États plus progressistes exigent l'ESC (éducation sexuelle complète). »

Il en ressort que, des deux côtés de l'échiquier, les femmes en regardent (60 % en tout) par volonté d'acquérir des « connaissances sur le plaisir spécifique aux femmes ». MAIS – et c'est là que ça devient intéressant : celles éduquées à l'abstinence utilisent tous types de porno plus fréquemment que celles qui ont eu une éducation sexuelle plus complète. L'étude conclut qu'il est donc important de fournir une éducation sexuelle aux jeunes femmes, de ne pas se contenter de leur transmettre un interdit, et de ne pas leur parler que des risques (IST, grossesse non désirée). Autrement dit, éduquer les jeunes à la sexualité ne les empêchera pas de se tourner vers du porno, parce qu'il est encore aujourd'hui vu comme une « ressource unique » d'instruction en matière de plaisir (et c'est dommage, on est d'accord), mais moins ils sont éduqués et plus ils s'en servent. « L'étude souligne l'urgence d'intégrer le plaisir dans l'éducation sexuelle, car cet aspect reste largement négligé », notent les chercheurs. Par ailleurs, même si les jeunes éduqués continuent de s'en servir, les chercheurs pensent que plus l'éducation fournie est complète, et moins les aspects négatifs de la pornographie risquent de les atteindre.

« Les adultes se voilent la face, ils pensent que les jeunes ne regardent pas de porno », plaisante Lucie Groussin, sexologue féministe, au téléphone. « Quand je faisais de l'éducation à la vie affective et sexuelle dans les lycées pour Prévention Solidarité Sida, on partait du principe que les jeunes avaient déjà vu du porno : il ne s'agit pas d'avoir une posture morale sur le fait d'en regarder ou non. Mais plutôt d'en comprendre l'impact. » Et d'analyser le problème que peut poser cette représentation du sexe auprès des jeunes, si toutefois il leur manquait de quoi le décrypter. « On parle de l'angoisse de performance que ressentent les hommes, de la question de la taille du sexe, de la quantité de sperme éjaculé, qui sont des sujets qui n'ont pas été améliorés avec le porno… Les filles ressentent aussi une pression : elles se disent que les actrices sont beaucoup plus compétentes qu'elles, par exemple. Il s'agit d'expliquer aux jeunes que c'est un montage, de démystifier tout ça. Mais ce qu'on constate, c'est que les jeunes ont conscience que c'est du cinéma. Ce qui n'empêche pas à ces images d'entraîner leur imaginaire… »

« Les hommes disent facilement qu'ils en regardent, quand les femmes sont réticentes. Pour eux, c'est “normal car ils ont des besoins”, pour les femmes cela fait d'elles “des perverses, des salopes”. Or, les besoins sont les mêmes, c'est une fausse croyance de penser que les hommes en ont davantage. » Pour n'importe lequel des deux genres, le porno vient combler un vide éducatif, rappelle Nadia El Bouga. « Il est un substitut à l'éducation à la vie affective, relationnelle et sexuelle (EVRAS) bien souvent inexistante. Depuis 2001, la loi oblige les établissements à dispenser des EVRAS, mais moins de 20 % y répondent (moins de 15 % des élèves y ont accès, d'après le Conseil économique social et environnemental). On ne reconnaît pas cette nécessité d'apprentissage, or pour toute chose, nous avons besoin d'un apprentissage. À chaque fois que des sexologues tentent de représenter autrement la sexualité (que par le porno), on fait face à une levée de boucliers de parents puritains qui pensent que l'éducation à la sexualité est une fausse bonne idée. Mais on vous voit venir en consultation sexo ! Ça se saurait si tout le monde était épanoui sexuellement ! Nos cabinets ne désemplissent pas, donc arrêtez de vous mentir à vous-mêmes ! Il faut sortir du déni. Les études le montrent, les enfants en voient de plus en plus tôt. On construit quoi comme adulte si dès 8 ans ils sont biberonnés avec une représentation toxique de la sexualité, qui prône la domination, l'humiliation ? La question n'est pas de savoir si l'enfant verra du porno, elle est de savoir quand. Il faut expliquer que la sexualité n'est pas une performance, que c'est du ressenti, de la tendresse, de l'excitation, de l'affection mais des maladresses aussi. Donner aux jeunes de quoi décrypter ce qu'ils voient, sans juger ni diaboliser. De manière plus globale, je pense qu'il faut éduquer les parents. La plupart de mes patients ne savent même pas comment ils fonctionnent. Je suis toujours sidérée d'entendre des hommes dire qu'ils ne connaissent pas le mécanisme de l'érection. » Cette femme, qui intervenait déjà plus haut sur l'écart de perception de l'autoérotisme entre filles et garçons, je l'ai rencontrée lors d'un atelier à Angoulême, proposé par l'initiative Femmes des quartiers, actrices du changement, mené par la Régie Urbaine. L'idée, c'est justement d'offrir une éducation à la vie affective, relationnelle et sexuelle à des adultes – souvent parents – pour qu'ils puissent la transmettre ensuite à leurs enfants. Nadia anime certains de ces rendez-vous, qui réunissent des gens de tous univers autour de discussions intimes.

Censurer le porno pour protéger les jeunes ?

Que le porno existe n'est pas non plus le fond du problème pour la productrice et réalisatrice féministe Erika Lust. Le souci c'est que celui qu'elle appelle le

« dominant porn », ou « big porn » soit utilisé pour s'éduquer, « ce n'est pas de l'éducation, c'est de la fiction. Même les adultes doivent désapprendre ce qu'ils y ont appris pour trouver du plaisir… », me dit-elle alors que nous prenons un apéritif sur un rooftop à Barcelone un soir d'automne 2024. Manon Dugas, à l'origine du compte Instagram de « cul-ture », @lecul_nu, confirme : « C'est un peu le problème du porno aujourd'hui, évidemment ça montre quelque chose de biaisé, et on le sait. Mais même quand tu veux t'en sortir, c'est difficile. Où est-ce que tu vas aller chercher du vrai ? On te dit : le porno n'est pas la réalité. Très bien, alors montre-moi ce que c'est la réalité, comment je dois faire ? »

Alice, la jeune bachelière, me pose la même question. Elle a regardé du porno pour la première fois à 16 ans (l'année dernière), ce qu'elle estime être « plutôt tardif, à l'échelle de ma vie ». Elle en avait discuté avec des amis, ils avaient abordé le tabou pour les femmes d'avoir du plaisir personnel, de lire des fictions à caractère sexuel, de regarder du porno… ça a fini par l'intriguer. Sa première réaction a été un choc, « j'ai trouvé ça cru », me dit-elle. « On m'a beaucoup dit "il faut faire attention, entre le porno et la réalité il y a une grosse différence, ça ne se passe pas comme ça". Mais c'est tout, personne ne m'a dit : voilà, ça va se passer comme ça. À part me préciser que c'était censé être moins violent, je n'avais pas tellement d'autres informations. »

Comme tous les types de médias, le porno envoie des messages, à propos du pouvoir, du sexe, du genre, de l'identité… « Dans le big porn, beaucoup de ces messages sont fétichistes, sexistes, c'est une manière raciste de voir le monde. Et beaucoup de gens accusent le porno, en pensant que c'est sa faute si le monde ressemble à ça. Mais la réalité, c'est que le monde est comme ça. Le porno reflète ces valeurs qu'on a déjà dans nos sociétés. Je pense qu'il faut arrêter de diaboliser la pornographie et commencer à la critiquer avec les bons mots, à discuter de l'impact que ça a sur notre réalité. La prohibition, je ne pense pas que ce soit le bon chemin. Même si je comprends que les adultes paniquent en se rendant compte qu'on n'a pas été assez rapides pour mettre en place une vraie éducation à la sexualité, avant que le porno ne prenne autant de place », continue Erika Lust.

Bloquer le porno pour les mineurs a le vent en poupe en France. Déjà en 2023, dans un sondage Ifop, le projet de loi renforçant les pouvoirs de l'ARCOM contre les sites X faisait l'objet d'un quasi-consensus dans l'opinion : « 91 % des Français sont favorables à ce que l'autorité de régulation puisse elle-même bloquer les sites X et/ou les sanctionner financièrement lorsqu'ils n'empêchent pas réellement leur accès aux mineurs », précise l'étude. Tellement plus simple et rapide que de faire de la prévention et de l'éducation, hein ?

Mais la censure, Émilie Delaunay n'y croit pas non plus. « Certes, le porno projette une fausse image, ça lobotomise leur sexualité. Alors que le porno est tout sauf la relation à l'autre. Ce qu'il faut déconstruire l'image, expliquer que c'est simulé, que l'origine de cette érection qu'ils ont vue n'est pas due au désir, mais que c'est un travail. Que la sexualité d'un acteur n'a rien à voir avec sa sexualité personnelle. Les jeunes ont du mal à comprendre que ce n'est pas le réel. Dans la vie, les femmes ne vocalisent pas à fond en disant qu'elles adorent être bousculées au lit. On est d'accord que ce contenu n'est pas adapté aux jeunes. Mais de tout temps et à jamais, on s'est masturbé sur des supports, on en est tous passés par là : un magazine, une personne vue dans la rue… Il y a eu, à un moment donné de nos vies, une image qui a généré quelque chose en nous, on a projeté une émotion sur cette image et notre vie sexuelle a commencé. Comme aujourd'hui la vie des jeunes est numérique, ça commence par le porno. On ne peut pas passer outre à la loi et tourner des contenus explicites dédiés aux moins de 18 ans. Mais on peut aller au contact de ces jeunes et proposer une éducation au numérique, et une éducation à l'intimité numérique. On n'est pour l'instant qu'au balbutiement de tout ça, malheureusement l'éducation à la sexualité n'est pas faite partout… », remarque-t-elle.

Réseaux sociaux, réseaux sexo…

Plus on est renseigné sur son sexe, le plus tôt possible, et mieux ça se passe. Ça paraît simple, dit comme ça.

Et peut-être qu'on n'est pas sur une si mauvaise pente… C'est du moins ce que laissent entendre les évolutions de ces dernières années. La société a connu un tournant du point de vue de la sexualité des femmes. Elles ont davantage accès à des informations sur leur intimité, grâce à tout un tas de facteurs. Les comptes éducatifs sur les réseaux sociaux pleuvent : *J'm'en bats le clito*, *Orgasme et moi*, *Jouissance Club*, *Masha Sexplique*, pour ne citer qu'eux. Les acteurs, producteurs, réalisateurs de pornographie nouvelle génération communiquent beaucoup via Instagram, TikTok ou encore Twitter. Même les podcasts se saisissent du sujet du plaisir féminin, je pense notamment à *Piment* d'Émilie Delaunay, ou *Débauche* de Femtasy. L'autoérotisme n'a jamais autant crié sa légitimité, y compris dans les productions culturelles comme les séries : *Sex Education*, par exemple, sur Netflix.

Une enquête, parue en 2025, est parvenue à mettre des chiffres sur cette évolution. Baptisée *Envie*, menée sous la direction de la sociologue Marie Bergström, et détaillée dans l'ouvrage *La Sexualité qui vient* aux Éditions La Découverte, cette enquête livre des éléments importants : « Outre les interactions avec les autres, les jeunes apprennent des choses sur la sexualité par différentes formes de médias. Contrairement à ce que l'on pourrait croire – et contrairement à ce que beaucoup d'adultes craignent –, la pornographie n'est pas la seule, ni même la principale, source d'information en ligne.

Parmi les ressources numériques citées par les jeunes adultes, les fictions ou documentaires (télés, séries, films) et les réseaux sociaux devancent la pornographie. Or des différences nettes existent selon le genre. Les femmes citent plus souvent les films et séries (58 %) et les réseaux sociaux (56 %), et dans une moindre mesure la pornographie (23 %), tandis que les hommes, eux, citent autant la télé, les films et séries (48 %), les réseaux sociaux (46 %) et la pornographie (48 %). »

C'est grâce à ces outils qu'Alice, la jeune femme de 17 ans, a trouvé de quoi se rassurer. « Je n'ai jamais fait l'amour encore, seulement quelques préliminaires. Et j'ai peur. Je me dis, du coup, je ne sais pas comment ça va se passer, quel comportement je suis censée considérer comme normal ou pas ? À quoi je vais avoir affaire ? Ça reste mystérieux… Heureusement, je suis tombée par hasard sur des comptes TikTok qui expliquent un peu la chose, qui normalisent le fait de ne pas savoir comment s'y prendre, d'avoir peur… Ils expliquent aussi comment ça peut se passer de la bonne manière, comment se sentir à l'aise. Et ça me rassure, parce que ce sont des jeunes de mon âge, ou un peu plus vieux, qui l'ont déjà vécu, et bien vécu. »

Justement Manon Dugas, alias @lecul_nu, me raconte recevoir « énormément de questions de jeunes sur Instagram. Pour moi, il y a un vrai manque de considération envers la sexualité en France. Alors que l'éducation à la vie affective et sexuelle est un droit…

Tant que l'État ne prend pas en compte ce droit, ça passe par des personnes comme moi. Quand j'entends des parents dire “on ne peut pas parler de sexualité à nos enfants !” j'ai envie de leur répondre : on ne vous demande pas de faire ça, on ne vous demande pas un exposé sur la sexualité, simplement d'être un parent qui accompagne, qui met à disposition des ressources, qui permet aux enfants d'avoir confiance dans leurs questions. Je ne trouve pas normal qu'ils viennent poser toutes ces questions sur les réseaux sociaux, à une inconnue… Alors je redirige toujours vers une source fiable, le planning familial par exemple ».

Le porno, seul espace de représentation du plaisir

Vous vous souvenez de la première fois où vous avez fait l'amour ? La mienne ne s'est pas mal passée. Le garçon avec qui j'ai fait ça n'a pas tellement d'importance. Ce dont je me souviens surtout, c'est du stress qui m'habitait ce jour-là, et toutes les premières fois en général. D'ailleurs, ce stress m'est resté longtemps. Comment éviter de faire mal ? Comment bien s'y prendre ? Je n'avais jamais vu de porno avant de faire l'amour. Mais je pensais une chose : le sexe, ça compte, ça pèse dans la balance, et si c'est nul, on perd des points. Je n'ai pas trouvé ça instinctif du tout. On ne s'abandonne pas naturellement à l'autre, on a peur d'avoir laissé un poil se balader, de ne pas sentir bon, de ne pas « mouiller ». On se retrouve face à plein de moments gênants qu'on ne voit pas dans les films : galérer à défaire une agrafe de soutif, retirer ses chaussettes, chercher, trouver et mettre une capote… Et dans tout ça, à quoi on ressemble ? Le même petit copain avait répondu à cette question sans que j'aie le temps de la poser : il m'a dit que je faisais des têtes bizarres quand il me touchait. C'était plutôt naïf, il faisait juste une observation. Mais qui a envie de s'entendre dire qu'on fait des « têtes bizarres » quand on a 14 ans et qu'on se montre toute nue pour la première fois ? J'en avais déduit que mon plaisir me rendait moche. C'était parti pour 15 ans de thérapie.

J'aurais bien aimé pouvoir lui répondre qu'on s'en foutait de mes expressions faciales ou de mes bruits. J'aurais bien aimé avoir des indices aussi, savoir quoi faire, pas pour être une « experte » de la fellation comme me le suggère la presse féminine sur Google. Juste pour être en confiance avec moi-même dans ce moment d'exhibition inédit. J'aurais bien aimé savoir qu'on va pas finir tout nu par l'opération du Saint-Esprit, que tout dans le sexe n'est pas sexy. Bref, autant de trucs auxquels on ne nous prépare pas.

Même si le coup des chaussettes, le porno l'évite aussi, je pense qu'une des raisons qui nous poussent à aller vers ce type de contenu c'est qu'on a besoin (et j'insiste sur ce terme) de voir à quoi ça ressemble, le cul. Et qui d'autre que lui nous offre une représentation du plaisir ? Or quand on se met à faire l'amour – pour un certain nombre d'entre nous qui ne cherchent pas à se reproduire tout de suite – c'est justement ça qu'on cherche, du plaisir. Mais pour l'atteindre, encore faut-il avoir une petite idée de comment s'y prendre.

C'est justement ce qui a poussé Laëtitia à en regarder. À 15 ans, elle a envie de savoir à quoi ça ressemble, des gens qui font l'amour. « Un jour, je dis à mon frère que je veux regarder du porno, il me rétorque que je n'ai pas le droit parce que je suis mineure, mais que si je le fais depuis son ordinateur, personne n'en saura rien. » À l'époque, sur l'ordinateur familial (chez sa mère), tout se sait, elle lit même leurs discussions sur MSN. Impensable, donc. Alors que son frère est en cours, elle emprunte son portable : « Le Wi-Fi ne fonctionnait pas bien, il fallait que je me branche à la box. Je me revois allongée par terre devant la box Internet à taper "site porno.fr" dans le navigateur. La première fois, j'ai dû passer cinq minutes sur la homepage, je m'étais dit : je regarde ce qu'il y a mais je ne reste pas. Et puis j'y suis retournée et j'ai fait des recherches plus précises : sexe entre femmes, couple, cunnilingus, fellation, sodomie… pour voir ce que c'était. »

Sa première fois avec quelqu'un a lieu peu de temps après ça, en 2005, elle a 16 ans, elle sort avec une femme de 23 ans. « J'étais en mode : t'inquiète, je sais comment faire, j'ai vu des films ! J'imagine que j'ai dû lui proposer de faire la position des ciseaux. Elle m'a arrêtée tout de suite en me disant : "Alors non, je vais te montrer comment ça se passe dans la vraie vie", avec le recul je me dis que ça a dû la faire rire. Évidemment, ce premier rapport n'a rien à voir avec ce que j'avais vu dans les films. » Le porno n'est pas un tuto, mais il a au moins le mérite de donner une idée.

Laetitia a 34 ans aujourd'hui, elle a un podcast qui s'appelle « Laetitia et Lucile présentent le sexe ». C'est l'une des rares témoins à ne pas avoir demandé que son prénom soit changé. Elle a travaillé sur le porno, à l'époque du site *Le Tag Parfait* (un magazine en ligne dédié à la culture pornographique), pour qui elle a longtemps écrit des enquêtes sur la culture porno et pour qui elle sélectionnait des vidéos dans la rubrique « Les gifs de la semaine ». Je crois que c'est par le biais de ce site que j'ai découvert le monde tentaculaire du X… Elle vient d'une famille où l'éducation sexuelle est passée sous les radars, du fait d'une mère décrite comme « très pudique ». Ses frères ont eu droit à un lot de capotes vers 14 ou 15 ans de la part de la mère, mais elle, rien. « Quand je lui ai dit que j'avais mes règles, la conversation a été très limitée : "Tu fais pas de bêtises avec les garçons hein !" Ça s'est arrêté là. » C'est grâce à une prof de SVT qui distribue des cartes de visite du planning familial qu'elle obtient de l'aide sur le volet contraception.

Si elle a vite compris qu'il ne représentait pas la réalité, l'empreinte du porno subsiste un peu après, dans ses relations hétérosexuelles, « les mecs voulaient ça, il est même arrivé qu'un mec me montre une scène et me dise : voilà ce qu'on va faire. On se serait crus dans les *Power Rangers*, il fallait changer 15 fois de position sinon c'était pas un vrai rapport. Je me disais que j'allais lui faire plaisir, de toute façon moi je n'aurais pas d'orgasme alors autant que lui prenne son pied… C'est triste comme vision de la sexualité mais, dans les années 2000, ça me paraissait être un peu ma seule option. »

Oui mais alors, comment faire pour que les lignes bougent ?

Enseigner la sexualité par le plaisir, discussion avec Erika Lust

La représentation de la sexualité à travers le porno, la consommation par les jeunes, le manque d'éducation au plaisir… Autant de sujets dont j'ai eu l'occasion de discuter avec la productrice de porno féministe suédoise, Erika Lust. Je suis à Barcelone pour quelques jours pour la rencontrer et découvrir son exposition, dont je vous parlerai plus tard. Je lui consacre un portrait dans *Le Monde*, à la rubrique « Un apéro avec ». On entame la conversation sur une question à laquelle

elle a l'habitude de répondre : comment elle en est arrivée à faire des films de fesses ? D'autant qu'elle est née dans une famille protestante pratiquante, pour qui la révélation de son métier n'a pas été aisée. « J'ai grandi avec un appétit à comprendre mon corps, ma propre sexualité. À vrai dire, je pense que c'est normal : tu passes par la puberté, l'adolescence, la vie de jeune adulte, et tu as envie d'explorer ta sexualité. Et l'une des choses que l'on fait dans ce processus-là, c'est regarder de la pornographie. »

À l'époque où Erika est adolescente, dans les années 1980 et 1990 donc, pour voir du porno, il faut chercher. Ça commence par des magazines, qui attisent sa curiosité : comment ces images ont-elles été produites, qui sont les gens sur ces photos ? Elle veut en savoir plus. Elle a 13 ans quand elle voit son premier porno comme on l'entend aujourd'hui, filmé. Chez une copine, à une soirée pyjama. Ladite copine a trouvé une cassette mystérieuse dans les affaires de son père et partage sa découverte. « Il y avait quelque chose d'excitant dans ce moment, mais en voyant ces images j'ai senti que ce n'était pas érotique comme ce que j'en attendais. C'était un peu dégoûtant, et moche. Je dirais de ma première rencontre avec le porno qu'elle a été une déception. » Cette remarque me rappelle ce que m'ont dit plusieurs témoins. J'ai l'impression que la première fois pornographique est rarement un coup de foudre, chez les femmes du moins.

Erika a eu une « éducation à la vie sexuelle ». Elle a grandi en Suède, un pays pionnier en la matière. À l'école, on lui a expliqué les rudiments. C'était surtout biologique et fondé sur la peur, contraste-t-elle : attention aux vilains microbes et virus qui se cachent sous la ceinture. Sûrement qu'elle a été sensibilisée à l'autre risque, celui de la grossesse non désirée. Un élément qui fait d'ailleurs partie de son histoire : « Ma mère a eu ma sœur à 19 ans, ma grand-mère a eu mon père à 17 ans, sa mère l'avait elle-même eu à 18 ans. Si les femmes n'ont pas d'éducation sexuelle, elles perdent le pouvoir. Elles ont plus de mal à construire la vie qu'elles veulent, à être éduquées, à avoir un travail, à gagner de l'argent. L'éducation sexuelle, c'est le pouvoir », conclut-elle. C'est là qu'elle me raconte comment elle et son mari ont décidé de s'y prendre avec leurs enfants.

« Le clitoris est la porte d'entrée du plaisir » : ça c'est ce que disait, à 6 ans, la fille d'Erika Lust à qui voulait bien l'écouter. Erika a deux enfants, tous les deux ados. Elle voulait qu'ils grandissent sans tabou concernant leur corps, elle a toujours nommé les choses auprès d'eux, y compris lorsqu'il s'agissait de plaisir. Quand les autres parents de l'école entendent sa fille dire ça, ils grimacent. « Ils me disaient : vous leur donnez trop d'informations ! Mais je ne pense pas qu'il y ait jamais trop d'informations. Si votre enfant ne sait pas ce qu'est un clitoris, je pense que vous ne lui montrez pas le monde tel qu'il est, vous ne lui dites pas qui il est, et je crois qu'il a le droit de savoir », se défend-elle. Mais la plupart de ces parents n'ont pas eu d'éducation sexuelle, et encore moins inclusive, « ils ne savent pas comment parler de la réalité des personnes queer », donne-t-elle en exemple. Elle est persuadée que les parents sont davantage perdus que les enfants sur les questions de sexualité. « Ils le sentent, et du coup ils n'ont pas envie de leur en parler. Autour de ces sujets, ce que les enfants cherchent, c'est la sécurité. Ils veulent parler à quelqu'un qui ne va pas se sentir honteux et qui va oser avoir cette conversation. Faire l'éducation sexuelle de leurs enfants leur permet ensuite de partager leurs informations auprès de leur propre communauté. »

Je fais une parenthèse dans ce récit parce que, juste avant de terminer ce livre, j'ai rencontré une jeune femme qui m'a raconté quasi texto ce qu'Erika avance ici. Louison a 17 ans quand je la rencontre, elle est en train de passer le bac et m'accorde un moment pour échanger entre deux épreuves. Elle a accepté de témoigner parce qu'elle trouve le sujet du porno et des femmes « trop tabou dans la société ». Ses parents lui ont parlé d'intimité comme de n'importe quel autre sujet, sans rougir. « Je leur ai posé des questions : savoir si ça fait mal par exemple. Quand je suis entrée dans la puberté, ils m'ont parlé de porno, parce que ça tourne dans ma génération, ils m'ont dit que ça ne représentait pas la réalité. J'en ai vu pour la première fois à 11 ans, avec mon meilleur ami, par curiosité on a tapé “porno” sur Internet. Le lendemain matin, je l’ai dit à mon père et ma mère. On a discuté, ils m’ont simplement répondu qu’il ne fallait pas que je m’y fie, que ça représentait davantage le point de vue des hommes que la sexualité féminine, que le sexe est un acte à deux, que ce n’est pas forcément l’homme qui prend les devants, qu’il n’est pas forcément dominant… En discutant plus tard avec mon meilleur ami, je me suis rendu compte qu’on n’avait pas la même notion du sexe à deux. Il me disait qu’il voulait que ça se passe comme dans un film porno. C’est moi qui lui ai expliqué que ça ne fonctionnait pas comme ça, que la femme comptait aussi beaucoup, que les deux plaisirs importaient, pas seulement le sien. Je lui ai fait tout un monologue sur le respect des femmes ! Maintenant, il est hyper open avec ça ! J’essaye de diffuser au maximum mes infos auprès de mes copains qui n’ont pas tous des parents ouverts sur le sujet. Je leur dis qu’il faut communiquer, que malgré tout, c’est un des piliers du sexe. Je leur explique qu’ils ne savent pas quels sont les fantasmes de l’autre, que ce n’est pas parce qu’ils aiment quelque chose que ce sera le cas de leur partenaire, que ça peut les gêner. » Selon Louison, que ses parents soient aussi à l’aise avec ces sujets est lié au fait qu’ils sont toujours en couple et très amoureux, mais peut-être aussi que le métier de son père joue un rôle là-dedans : il est réalisateur dans le cinéma et travaille souvent avec des coordinateurs d'intimité. Quoi qu'il en soit, elle est la preuve qu'Erika Lust a raison ! Parler de sexe avec ses enfants les informe, les protège et permet de fabriquer une chaîne d'infos vertueuse. Fermeture de la parenthèse !

Aux soirées pyjamas qu'Erika organise pour ses enfants, leurs camarades viennent la voir, l'interrogent sur les règles, les seins qui poussent, le sexe en général… Même les parents finissent par venir lui demander conseil : « Que leur dis-tu ? Que fais-tu ? Aide-nous, Erika ! » Elle en sourit en me le racontant, mais c'est arrivé si souvent qu'elle a fini par réfléchir à un format dédié. Avec son conjoint, Pablo Dobner, elle a créé *The Porn Conversation*, un site Internet sur lequel on peut télécharger gratuitement des guides (selon les tranches d'âge des enfants) pour renseigner les parents et leur donner les clefs afin d'aborder le délicat sujet du sexe et du porno avec leur progéniture. « Je leur disais : éduquez-vous, sinon comment allez-vous être en mesure d'en parler à vos enfants sans savoir comment ça marche ?

« Aujourd'hui, on devrait enseigner la sexualité par le plaisir. La plupart des gens n'ont pas de rapport sexuel pour se reproduire, ils s'adonnent au sexe parce que c'est incroyablement bon ! Pourtant, on cache aux jeunes que leur corps est fait pour être excité, que le sexe est quelque chose d'important pour la santé, que les gens aiment. Tellement de femmes pensent encore qu'il y a quelque chose qui ne va pas bien chez elles parce qu'elles ne jouissent pas d'une pénétration vaginale… Tout ça parce qu'on ne parle pas de la stimulation clitoridienne ! » remarque-t-elle encore.

Ce qu'elle me dit me fait penser à un autre témoignage. Celui de Sarah, la trentaine. Via sa mère, elle a eu une vraie éducation à la sexualité, on ne lui a pas parlé que de MST et de grossesse, mais aussi de plaisir. Bref, une éducation « sex positive » comme on pourrait appeler ça aujourd'hui. Quand on a eu droit à ce type d'introduction à la vie affective, et qu'on a été libre de dire ce qu'on vivait, devient-on soi-même un bon guide ? Sarah me donne envie de répondre oui.

Son père a refait sa vie avec une femme qui ne parle pas de ces choses-là. Ils ont eu deux fils, une dizaine d'années après sa naissance à elle. Elle a une très bonne relation avec ses petits frères, et un beau jour elle leur a parlé du site *Bellesa*, qu'elle utilisait à titre personnel, comme d'un endroit où elle voyait l'assurance de se donner du plaisir sans le faire au détriment des acteurs. « C'était un peu une mission de les alerter. Il n'y a rien eu de trash dans ma sexualité, je n'ai rien vécu sans consentement, on ne m'a pas mis la pression… Alors que pas mal de mes copines m'ont confié l'avoir fait pour l'autre, moi je n'ai pas vécu ça. Je pense qu'il y a énormément d'éducation sexuelle à faire pour les femmes, mais les mecs, eux, doivent se démener dans des clichés tout aussi désagréables et nocifs. Je le vois avec mon mec qui a eu une éducation sexuelle façonnée par le porno. Je pense qu'il faut éduquer les garçons aussi. Alors comme avec tous mes mecs, j'ai parlé à mes frères de *Oh my god yes !*, un site d'éducation à la masturbation, dont la première saison parlait du sexe féminin. Ils avaient 11 et 14 ans. On a aussi parlé de porno, je leur ai demandé ce qu'ils regardaient, le plus grand m'a dit "je sais pas, je regarde des vidéos qui s'appellent big ass latina". Il regardait du porno avec des adolescentes, tout simplement parce que ces filles ont son âge. Alors qu'en général, les femmes ont plutôt l'âge de ses sœurs ou de sa mère, ce qui ne lui fait pas du tout envie… Mais il n'a pas conscience du problème qu'il y a derrière. Je leur ai dit : sans le savoir vous allez peut-être vous masturber sur des filles en situation de trafic humain, et vous n'avez pas envie de participer à ça. Alors je leur ai conseillé de choisir des vidéos de femmes majeures, et je les ai incités à aller plutôt sur *Bellesa* pour éviter ces risques-là… On n'a pas parlé que de ça, on a aussi abordé les règles, la ménopause… Ils sont rentrés chez eux et ils ont demandé à ma belle-mère si elle était ménopausée. Je me suis pris un tollé ! » me raconte-t-elle en riant, à l'autre bout du fil.

Mais sans comptes Instagram à visée éducative, sans séries intéressantes, sans livres adaptés déposés discrètement sur la table de nuit par les parents – je pense à la géniale série de bouquins « Corps, amour, sexualité » de Charline Vermont par exemple –, sans éducation sexuelle à l'école et sans grande sœur qui nous guide… Certaines ont dû se démerder avec les moyens du bord pour faire leur éducation sexuelle, et ont fini bercées par le porno, devenu leur seul point de repère.

Chapitre III

S'éduquer à la sexualité… avec les moyens du bord. L'impact du porno sur nos vies sentimentales et sexuelles

Dans les récits que j'ai recueillis, la plupart n'ont pas « plongé » dans le porno tête baissée après le premier visionnage accidentel. Mais parmi mes témoins, il y a quand même quelques exemples de jeunes filles qui ont découvert le porno et dont l'histoire intime s'est construite avec ce fil rouge de la vidéo à caractère sexuel explicite. Elles ont suffisamment de recul aujourd'hui pour analyser ce que le porno leur a fait, comment il a influencé leurs désirs, leurs fantasmes, leurs pratiques au lit, voire joué un rôle dans leurs relations amoureuses… Ont-elles été capables de faire la différence entre la vraie vie et les scènes de sexe vues sur petit écran ? Ont-elles fini par s'en détacher ?

Si l'on s'inquiète beaucoup de voir des jeunes grandir avec le porno, qu'en est-il de celles qui ont fini de grandir avec ? Les quatre exemples que vous vous apprêtez à lire n'ont pas grand-chose en commun, je vais donc vous les raconter un par un, avec la petite « morale » qu'elles en ont chacune tirée.

« Je voulais être une pornstar »

Sina, l'amie qui vit en Asie et qui se masturbait avec sa copine de classe à l'école pendant la sieste, a découvert la sexualité à la radio. Pas dans un épisode des *Pieds sur terre*, pas dans un podcast de sexologue, pas dans *Débauche* de Femtasy… mais sur 96.0, Skyrock. En écoutant Radio Libre, animée par Difool, Sina prend conscience de tout ce qu'on peut faire à l'abri d'un édredon (et en dehors, selon les goûts). J'ai le même souvenir qu'elle, le soir dans ma chambre d'adolescente chez ma mère. Sur ma table de nuit, avec mon petit poste de radio, j'écoute les auditeurs appeler l'émission pour avoir des conseils, pas toujours très fins soit dit en passant. L'autre source d'information de notre génération, ce sont les magazines. En l'occurrence, Sina les lit dans le sillage de sa grande sœur, âgée de cinq ans de plus qu'elle. Une littérature de qualité, avec des « papiers enquêtés », comme on dit dans le jargon journalistique : en 1998, elle est préado, et lit dans *Vingt ans* qu'à trop se masturber on risque de faire rétrécir la taille du vagin. Aïe. « Des mythes relayés le plus sérieusement du monde à l'époque. L'info m'avait marquée au point que j'étais persuadée que je ne pourrais jamais avoir de premier rapport, sûre que ça allait bloquer. »

Dans leur chambre commune, les deux sœurs ont aussi une télévision. Discrètement, il leur arrive de regarder les films érotiques diffusés sur M6. Pas en entier, « juste par curiosité », commente Sina. « Mais je sentais déjà que ça m'excitait à l'endroit où on fait pipi, sans trop comprendre pourquoi. » C'est ça pour elle, le début de l'explicite. À une période où son sexe est un outil fait pour uriner. Mais elle sait que se toucher à cet endroit « ça ne se fait pas » – souvenez-vous l'épisode de la masturbation collective à l'école qui fout les parents en rogne. Elle pense aussi que c'est risqué pour sa future vie sexuelle (merci *Vingt ans*) et essaye de se « sevrer » de la pratique, histoire d'avoir un vagin praticable quand le grand jour viendra. Au fil de lectures, elle se met aussi à intégrer que si « tu n'es pas vaginale, tu as un problème » – une idée qui a la peau dure auprès des femmes, aujourd'hui encore. « Pas facile de se faire une éducation sexuelle », sourit-elle à l'écran de notre visio.

Les premiers vrais films X qu'elle voit viennent du vidéoclub, elle est en classe de quatrième. Une amie de sa sœur, majeure à l'époque, va les chercher pour Sina et sa bande d'amis. De vrais nanars pornographiques avec des titres du genre *Penetrator*, *Harry Plotteur*, se souvient-elle. Ils regardent ça en groupe, personne ne se touche, tout le monde rigole. Par contre, quand les garçons de la bande font ça juste entre eux, ils se branlent : « On les vannait là-dessus. » Devant ces scènes de fellation, de pénétration, d'éjaculation faciale, de sodomie… « Je me mets à croire que c'est ça avoir un rapport sexuel. Alors dès l'adolescence, je me dis : il faut que je sois une pornstar ! » Sina l'affirme sans détour, s'il y a eu *Napstr* et le site *Ado* qui l'ont aidée à démystifier le sexe, c'est le porno qui a fait son éducation sur le sujet. D'autant qu'auprès des copains, ça lui donnait du crédit d'en regarder !

Un mercredi après-midi, après les cours, dans l'appartement de la mère d'un garçon d'une ville voisine, elle vit une première fois assez décevante : « Je m'attendais à vivre un film de cul. Avec mes copines, le porno était notre référentiel de base. » Elle a 15 ans. Les quelques années qui suivent doivent manquer de rebondissement parce que Sina ne s'arrête pas dessus. Elle passe tout de suite aux 17 ans, ou 18 ans, elle ne sait plus trop : en tout cas, la période où elle se fait une réflexion sur ses goûts sexuels. Elle a compris ce qu'elle aimait au lit : la brutalité.

« D'ailleurs j'ai des rapports brutaux. Mais est-ce que j'aime vraiment ça ou est-ce que c'est par construction sociale, influence du porno ? Je ne sais pas. Avec le recul, je l'analyse juste comme une époque de ma vie où j'ai une vraie méconnaissance du plaisir féminin. Je suis clairement influencée par la culture du viol, sans avoir les mots pour le nommer. Ma sexualité est forcément influencée par le porno puisque je me positionne comme un objet, bonne à consommer. Le fait d'être baisable me rend digne d'être considérée. Ces années sont marquées par une absence totale de confiance en moi. L'idée c'était : on m'aimera bien si je suis bonne au lit. Un peu comme un marchandage affectif. Si j'ai "ken" (niqué) avec machin, alors je suis désirable. Il y avait même une sorte de compétition avec les autres meufs pour être celle qu'on allait choisir. Ça m'a conduite à avoir des comportements à risque, beaucoup de relations non protégées avec des mecs. Après coup je me disais : mais pourquoi j'ai fait ça ? Je me suis trouvée dans la zone grise du consentement… » Toujours avec ce recul, si elle blâme les effets du porno, elle précise en complément qu'à son avis, ce ne sont « que des choses qui auraient pu être évitées avec une meilleure éducation sexuelle ».

Les films de fesses, elle continue d'en regarder tout au long de ces années, car il y a quelque chose de « subversif » là-dedans. « Si tu connaissais telle actrice ou tel mot, le jargon du film de cul, alors t'étais une meuf subversive et tu pouvais faire partie du boys club. » Le boys band dont elle parle, c'est un groupe de mecs avec qui elle est restée amie au fil des ans. Chez eux, le motif de la compétition, c'est le nombre. Celui qui couche avec le plus de filles a gagné. « Moi à côté je me pose des questions… Pourquoi si je couche avec plein de mecs, aux yeux de la société, je suis une pute ? Pourquoi je n'aurais pas le droit de consommer du porno, comme eux ? Donc je le faisais. À travers ça, et avec eux, j'ai libéré ma parole sur la masturbation, sur le porno, sur le sexe en général. On se donnait des tips, avec toujours en toile de fond l'idée d'une performance à atteindre ». Cette performance, elle se définit par des actes concrets pour Sina. Pour qu'un mec la rappelle, elle est persuadée qu'il faut qu'elle sache faire une gorge profonde, « parce que c'est ce que veulent les hommes. » Une pratique relayée par le porno, évidemment, mais pas que : « Les magazines féminins n'y sont pas non plus pour rien. Quand je pense au nombre d'articles "Comment faire une fellation ?" que j'ai lus. Le "Comment faire un cunni" je ne l'ai pas beaucoup vu, lui… » Et de conclure : « Dans la presse féminine de toute façon, soit on t'apprend à faire de la déco, soit on t'apprend à sucer. Je trouve que ça fait perdurer le mythe de la maman et de la putain. »

Pas besoin d'une fine analyse pour comprendre que le porno n'a pas fait que du bien à Sina. Pour autant, quand je la rencontre – elle a alors 24 ans – elle va plutôt bien, elle est en couple depuis des années avec quelqu'un d'équilibré, avec qui elle vit. Sa vie de femme n'est pas complètement bousillée par la pornographie, c'est là où je veux en venir. Mais elle n'a pas encore tout à fait pris conscience du poids qui pèse sur ses représentations au lit, ce qu'elle découvrira plus tard, à travers une autre histoire d'amour, dont je vous parlerai dans un chapitre ultérieur consacré à la prise de conscience qui bouscule complètement notre rapport au X.

Se découvrir soi-même, à travers la pornographie

Hermès a 23 ans. Nous nous sommes rencontré·e·s à une séance de cinéma pornographique féministe, on a discuté après la séance, avant de se rappeler. Iel se définit comme une personne transmasculine non binaire. À la naissance, c'est le genre féminin qui lui a été assigné. Je vais parler de cette personne en utilisant l'écriture inclusive, à sa demande. Iel a subi des agressions sexuelles pendant l'enfance. C'est un ami de son grand frère qui les a commises, il avait 15 ans, Hermès en avait 7. Il lui faisait voir des vidéos pornographiques et l'agressait en même temps. Après qu'Hermès en a parlé, iel a été emmené chez les gendarmes. Et ça s'est arrêté là. Fin de l'histoire. Iel me raconte que rien n'a été mis en place : pas de suivi particulier sur le traumatisme vécu.

« Quelques années après ces agressions, à 12 ans, je suis retourné·e voir des vidéos sur Pornhub, Youporn… Dès que j'ai pu avoir accès à Internet. J'étais en cinquième, je prenais la PSP de mon frère pour en regarder. Le porno que je consommais était très hétéro. Des gang bangs, du mainstream, des situations où je fantasmais peut-être d'être utilisé·e ? Je ne sais pas. Je crois que le porno a été pour moi un moyen de retrouver du contrôle sur ma sexualité. Il m'arrivait de me dire : je me branle là-dessus, c'est dégueu. Mais parfois le porno est génial aussi, devant du porno trans amateur il y a quelques années j'ai trouvé le moyen de me réapproprier mes fantasmes. Pour moi la sexualité a vite été banalisée, contrairement à ma meilleure amie qui est restée vierge jusqu'à 20 ans, pour qui c'était sacré. J'ai parlé de sexe très jeune. Mes relations sexuelles ont commencé tôt, même si je ne savais pas trop ce que je voulais. J'avais 15 ans, un copain, donc mécaniquement je voulais reproduire ce que j'avais vu dans le porno. J'avais bien conscience que c'était un film mais je pense qu'à cet âge-là on n'est pas vraiment connecté à son corps. Je me disais que c'était en mimant des actrices porno que je ressentirais quelque chose. J'ai simulé pendant très longtemps. Je ne sais pas si c'est le porno qui a construit ma sexualité ou si c'est ma sexualité qui a façonné ma consommation de porno. »

Depuis qu'iel est enfant, Hermès est souvent taxé·e de « garçon manqué », parce qu'iel a les cheveux courts, par exemple. Si bien qu'iel finit par les laisser pousser, permettant à une identité féminine de s'installer par « conformisme ». « J'ai toujours su au fond de moi que je n'étais pas hétéro. Parallèlement, j'ai toujours eu cette volonté d'être un garçon pour prouver aux filles qu'il y avait des garçons bien. Je me suis d'abord conformé·e à l'hétérosexualité par convention. Après cette première histoire hétérosexuelle, j'ai basculé de l'autre côté. Je suis devenu·e lesbienne. Je n'ai plus eu que des copines ensuite. J'ai vraiment développé ma sexualité avec des femmes, dans un univers queer. Je côtoyais des personnes "déconstruites", j'avais une sexualité bienveillante, je me suis quasiment toujours senti·e dans des espaces *safe.* »

C'est à 16 ans qu'Hermès commence à s'interroger sur qui iel est. Une période durant laquelle iel découvre ce qu'est la transidentité, qui lui permet de mettre des mots sur ce qu'iel ressent : « Je ne regardais pas tellement de porno lesbien, on n'en trouve pas si facilement qui ne soit pas tourné avec un male gaze (regard masculin). Je ne m'y retrouvais pas en termes de fantasmes. Par contre, le porno gay s'est mis à me plaire, je le trouvais super excitant. Avec le recul, je l'analyse comme un truc sous-jacent à la découverte de ma transidentité. Ça m'a fait me poser des questions de regarder ça alors que je sortais avec des filles, j'ai remis en question mon lesbianisme, et je suis arrivé·e à la conclusion que j'aimais les hommes, mais d'une manière gay. Ce que j'ai pu vivre en transitionnant ensuite. Je suis un peu passé·e par toutes les étiquettes… avant de me rendre compte que je me définis plutôt comme une personne non binaire. Aujourd'hui, je sors avec une fille et je me considère comme lesbienne. Le lesbianisme est plus politique que fondamental à mes propres attirances. Je relationne avec des meufs d'une manière lesbienne. J'ai toujours aimé les hommes et les femmes. »

Son récit m'interpelle parce qu'il offre une autre perspective du porno, plus complexe que celle qu'on a en tête. D'abord lieu de traumatisme, il a ensuite été utilisé par Hermès très tôt dans sa vie (à un âge où on s'inquiète pour un enfant exposé à ce genre de contenu), mais a fini par devenir un outil de découverte de sa propre sexualité, et en parallèle une sorte d'aiguillage vers son identité de genre.

Quelques semaines après cette conversation, j'échange avec une autre témoin, dont l'histoire me paraît faire écho à celle d'Hermès. Pour Naomi, jeune femme de 26 ans, le porno a aussi été un espace de découverte de soi et de sa sexualité. Au téléphone, je remarque qu'elle a une voix particulièrement grave. Dès les premiers instants de notre conversation, elle m'avertit : elle a pris de la testostérone dans le cadre d'une transition de genre qu'elle n'a pas poursuivie. Elle est donc née assignée femme et a décidé de le rester. L'hormone de synthèse lui a laissé ce timbre velouté.

Petite, elle est victime d'agressions sexuelles, entre ses 8 et ses 12 ans, par des garçons du quartier où vit sa mère. Les détails, elle ne me les raconte pas, ils sont flous, elle souffre d'amnésie. Ce dont elle se souvient, c'est des effets secondaires de cette violence. Enfant, quand elle entend une personne haleter à la radio, évoquant le paysage sonore d'un rapport sexuel, la peur l'envahit. Idem si une scène de ce type surgit à l'écran de la télé. Mais pour une raison qu'elle ignore, c'est une adaptation en film d'une nouvelle de Maupassant, mettant en scène un viol, qui lui donne envie de se masturber pour la première fois. Elle a 10 ans. « La scène me fait très peur, je la vois à côté de mon père, je suis très gênée. Sur le coup je ne suis pas excitée. Mais en y repensant dans mon lit, étrangement je le suis tout à coup. Le contact avec ma couette… Presque par accident, je me masturbe pour la première fois. » Les films explicites, elle les découvre deux ans plus tard, sur son ordinateur. « La scène représente un couple hétérosexuel au lit, rien de trash, mais là encore, ça me fait très peur. » Pourtant, c'est aussi à travers le porno qu'elle me confie avoir trouvé une réponse à ces angoisses.

Au collège, des mangas circulent : *Yaoi*, un type de manga gay ponctué de scènes de sexe. « Mes copines en sont fans et veulent absolument que je comprenne le truc. Je me souviens qu'elles m'avaient attachée pour me les faire lire. Moi je n'étais vraiment pas fan de ce genre-là. Mais j'ai découvert une autre série, les *Youri*, l'équivalent lesbien. Ils sont moins explicites, avec seulement une scène de sexe de temps en temps. J'ai 14 ans et je me mets à les lire sur Internet, sur le site E-hentai. Ça raconte l'histoire d'adolescentes, de gamines qui ont à peu près mon âge. À l'époque, je m'identifie, sans me dire que ça n'a pas du tout été écrit pour moi. Ces mangas pornographiques m'ont aidée d'une certaine manière à connaître mes désirs, comme le porno lesbien. J'avais déjà l'impression avant ça d'être attirée par les filles, mais je me disais que ce n'était pas normal. Ces représentations m'ont fait penser que ça pouvait bien se passer, que ce n'était pas grave. »

S'émanciper avec le porno

L'histoire de Jenna n'a rien de commun avec celle d'Hermès et de Naomi. À la différence près qu'elle aussi a trouvé le moyen de décrypter sa sexualité à travers le porno. Elle a 30 ans et vient des États-Unis. Elle parle bien français, mais pour décrire ce qu'elle ressent, elle préfère l'anglais, sa langue maternelle. Son lien avec le porno est le suivant : il était pour elle le seul espace de liberté du corps, dans un contexte familial où le rapport aux garçons a été enseigné par le prisme de la peur. La pornographie a toujours été pour elle une échappatoire, lui permettant de définir les contours de ses envies, de ses goûts, de ses limites, alors qu'elle se débattait dans une histoire – d'abord familiale, puis amoureuse – pas simple. Elle commence l'entretien par se décrire : « Précision sur mon corps : j'ai toujours été très formée. Depuis que j'ai 12 ans, je suis sexualisée par la société. »

C'est dans une petite ville de montagne de l'Idaho qu'elle a grandi. Avec un père d'origine turque et une mère américaine, catholique pratiquante. Ça, elle le précise tout de suite. Pour comprendre l'image de la femme et de la sexualité véhiculée dans cette famille, ça a son importance. Toute son enfance, elle entend cette phrase, répétée comme un mantra : « Les garçons ne veulent qu'une chose : du sexe. » « La sexualité, c'était être sale, être mauvaise, sous-entendu si tu donnes aux hommes ce qu'ils veulent, ils te traiteront mal », résume Jenna, avant de se reprendre : « Chez moi ? Ça a eu l'effet inverse de celui espéré ! »

Son premier contact avec la sexualité, c'est la masturbation, qu'elle découvre vers 10 ou 11 ans. Son père a un appareil de massage vibrant pour le dos, qu'il utilise après avoir joué au foot. Par curiosité, elle le pose sur son ventre. C'est agréable, elle recommence discrètement. À l'adolescence, son père et sa mère se séparent. Lui retourne vivre en Turquie, Jenna reste chez sa mère, qui n'est pas souvent là, du fait d'un métier qui lui impose de voyager.

Vous faisiez quoi quand vous étiez toute seule chez vous à 13 ans ? Moi, je déposais mon sac en rentrant du collège, je mangeais un truc et je fonçais sur l'ordinateur familial. Je passais des heures à écrire des « statuts » bourrés d'émojis sur MSN. Quotidiennement, je postais des selfies catastrophiques avec mes états d'âme en légende sur Skyblog. Jenna aussi, sa compagnie, c'était Internet. Elle me cite Myspace et en particulier des pages chaudes qu'elle se met à suivre. Ses vagabondages en ligne la mènent rapidement vers des contenus plus explicites, sur le site *4Chan*, un forum anonyme anglophone. À 14 ans, elle commence à y voir des images pornographiques, et à se masturber devant.

Évidemment que non, elle n'en parle pas. Et bien sûr que oui, Jenna a peur d'être prise la main dans le sac. D'autant que depuis l'ordinateur portable dont elle dispose, elle n'a, en théorie « pas le droit de faire grand-chose ». Mais quel ado s'est contenté de faire ce qu'on lui autorisait ? Elle se met à lire des fanfictions qui imaginent Harry Potter en pleines culbutes avec Drago Malfoy, par exemple. D'autres à propos de Twilight. Sa véritable entrée dans l'univers pornographique se fait par la voie de l'écrit, mais contrairement à la plupart de mes autres témoins, par celle de la communauté. Autour de ces récits sexuels, il y a des auteurs bien sûr, et tout un tas de lecteurs qui discutent en ligne. Autrement dit, ce qui l'excite ne lui paraît pas tabou, puisqu'ils sont des centaines à ressentir la même chose et à en parler ouvertement !

Au fil des ans, le porno continue de l'accompagner dans son exploration du sujet, mais les scénarios évoluent. « Au lycée, je me mets à consommer des vidéos de femmes qui se masturbent en gros plan. Je crois que ce que je recherche alors, c'est un miroir de ce que je suis en train de me faire à moi-même. Ça évolue encore ensuite vers des filles qui se masturbent dans des lieux publics, qui y font l'amour, qui font pipi en public… L'interdit de la sexualité dans un espace qui n'est pas fait pour, m'excite. Je pense que c'est directement lié au tabou qui pèse sur le sujet dans ma famille. »

Sur Internet, pour découvrir sa sexualité, elle trouve le porno, mais pas seulement. Elle y fait aussi des rencontres : Jenna se décrit comme une adolescente nerd. Pour illustrer, elle résume : « Les garçons de ma ville ne veulent pas me parler. Alors j'ai des petits copains virtuels, à qui j'envoie des nudes, des vidéos, on sexte… C'est un moyen pour moi de me sentir en sécurité. Il n'y a pas de contact physique, donc quand j'éteins mon téléphone, c'est fini. Et paradoxalement, il y a quelque chose de très interdit là-dedans… La plupart de ces mecs sont bien plus âgés que moi, je suis encore une ado. Mais je trouve ça excitant, cette différence d'âge, je me sens puissante dans ce rapport-là. Comme j'ai été sexualisée très jeune, je crois que j'ai l'impression de prendre le contrôle de ma sexualité de cette manière. »

Le flirt virtuel et sa sexualité – elle aussi virtuelle, via le porno – sont ouverts sur deux onglets différents. Les deux cohabitent mais restent des pratiques distinctes. « Mon attirance amoureuse ou sexuelle pour quelqu'un est complètement distincte de mon excitation personnelle. Je fais une séparation dans mon cerveau tout de suite, comme un réflexe défensif. Il y a d'un côté mon plaisir personnel, et de l'autre ce que je donne aux hommes. Ma sexualité avec eux est comme un jeu : je leur donne ce qu'ils veulent mais ce n'est pas là où moi je prends du plaisir. D'ailleurs, physiquement, pendant très longtemps, je n'ai pas ressenti grand-chose avec eux par rapport à ce que je peux vivre dans ma sexualité en solo. »

Quand elle décroche le bac, Jenna décide de déménager en Écosse, où elle a été acceptée dans une université. Au départ, c'est pour aller retrouver un petit copain rencontré en ligne. Mais l'histoire tourne rapidement au vinaigre. Elle a 18 ans, vit de l'autre côté de l'Atlantique et fait une nouvelle rencontre. Un garçon du même âge avec qui elle débute une relation qui va durer six ans et qui va se dérouler dans un schéma à l'opposé de ce que lui a toujours prédit sa mère : sans sexe, ou presque. Ce garçon lui apporte de l'amour, mais très peu de rapports charnels. Ils sont tous les deux vierges à leur rencontre, ils perdent leur virginité ensemble lors d'un rapport qui dure trois minutes et qui est douloureux pour lui. Cette douleur reste taboue entre eux pendant un long moment, avant qu'elle ne comprenne qu'il souffre de phimosis, un rétrécissement du prépuce qui empêche de décalotter correctement le pénis. Pour se soigner, il faut en passer par une opération, ce qu'il refuse de faire. Le couple est uni par une relation amoureuse platonique, qui vacille, faute d'intimité partagée, mais qui continue quand même, au point qu'il la demande en mariage. « À ce moment-là, je me dis que personne d'autre ne m'aimera. Après tout, il m'offre la romance. Et le sexe, je l'ai avec le porno… On m'a tellement toujours rabâché que les hommes ne veulent que du sexe, que j'ai fini par penser qu'être avec quelqu'un qui ne me fait pas l'amour, ce n'est pas plus mal, finalement. N'ayant eu de relation sexuelle avec personne d'autre, je ne sais pas encore à côté de quoi je passe », remarque-t-elle.

À cette période de sa vie, elle regarde du porno environ deux fois par semaine. Elle ne connaît le sexe qu'avec elle-même, et sans connexion émotionnelle. Elle y trouve son compte, mais, après coup, parle de cette phase de sa vie comme d'une forme de déni. « Je sais que c'est une erreur de me marier, mais on a acheté une maison ensemble, mon visa dépend de ce mariage… Bref, je le fais, je me marie. La nuit de noces, on ne fait toujours pas l'amour. Là, je me dis : mais qu'est-ce que j'ai fait ? Je ne me sens tellement pas désirée. Alors, je me mets à sortir, à boire beaucoup, à flirter avec des mecs. Et un soir, en janvier 2017, je le trompe avec un ami de mon groupe. C'est mon déclic, mon réveil sexuel. Sans cette tromperie, je pense que je n'aurais jamais eu le courage de découvrir ma sexualité. Notre histoire s'achève peu de temps après, et je déménage à

Paris. Là, tout change. J'ai des aventures et j'explore… Je me mets au BDSM, qui est pour moi une façon de connecter le "jeu mental" auquel je jouais avant avec les hommes et mon plaisir personnel. Je couche avec quelqu'un de 50 ans, je fais un plan à trois, j'ai des relations sexuelles avec des mecs qui ont des tas de looks, de personnalités… »

Depuis cet éveil sexuel, son rapport aux films adultes a continué d'évoluer. Avant, il était décorrélé de ce qu'elle vivait dans la réalité. « Je cherchais à y voir des choses que je n'aurais jamais osé faire. » Depuis, le porno est devenu une source d'inspiration pour sa sexualité. « Ou alors, je cherche à y voir quelque chose d'osé, mais que j'ai déjà vécu en vrai. » Au moment où elle me raconte ce parcours, elle en regarde moins, elle a rencontré quelqu'un depuis plusieurs années, avec qui elle vit une sexualité épanouie et aventureuse.

Quand Jenna parle de porno, c'est pour en raconter l'impact positif qu'il a eu sur sa sexualité. Même en l'ayant découvert jeune, trop jeune peut-être. Il lui a permis d'explorer la diversité de ce qui l'excitait : les rapports entre hommes, les gros plans masturbatoires féminins, les scènes de sexe interdites dans des lieux publics. Et lui a permis d'avoir une vie sexuelle, en marge d'une histoire d'amour qui n'était pas en mesure de lui offrir ça. De son point de vue, il n'a pas contribué à déformer sa vision de la sexualité, il a été un support de découverte de soi.

Petra Von Schatz : la fierté du porno

Pendant que j'écrivais ce livre, j'ai rencontré Petra Von Schatz – c'est son nom de scène. Elle est actrice porno, on l'a vue dans des films de la réalisatrice Anoushka ou encore chez Paulita Pappel, dont je vous parlerai plus tard. Elle a une longue chevelure rousse, un sourire immense dessiné au rouge vif, un rire éclatant et, bien souvent, une clope à la main. On a rendez-vous pour un projet d'article pour la rubrique l'Époque au *Monde*, mais au fil de la discussion je me dis qu'il faut que j'arrive à vous en parler ici. Elle aussi a vu dans la pornographie un moyen de s'émanciper, mais de l'autre côté de l'écran, dans le jeu. Elle me reçoit chez elle en plein hiver. Pendant qu'elle me fait visiter, elle me raconte que l'été, sur la petite terrasse qu'on voit depuis la baie vitrée, elle installe une piscine gonflable. Tout autour, il y a des immeubles et le premier truc que je me dis c'est « mais tout le monde doit te mater ? ». M'exposer devant tous mes voisins en maillot de bain est un truc que je ne me verrais jamais faire, mais elle, elle s'en fout. Royalement. « Je n'ai pas de souci avec le fait qu'on me voie. Depuis que je suis petite, je suis connue pour être celle qui court partout à poil. Je n'ai pas de pudeur, peu de filtres… Mais je crois que j'aime aussi qu'on me regarde. Dans le choix de devenir actrice X, il y a forcément quelque chose de l'ordre de l'exhibitionnisme », commence-t-elle. Petra vient d'une famille de quatre, elles sont deux filles. Leur mère a toujours parlé librement de sexualité, leur a fourni le kit de base, d'abord les livres, puis les préservatifs et une porte ouverte à la discussion permanente. Petra a grandi en étant « très intéressée par la sexualité. Petite, j'avais un enregistreur K7 avec micro, je faisais des émissions de radio avec, et je faisais aussi les spots de pub. C'était des pubs de cul, genre "les femmes les plus chaudes de ta région". À 12 ou 13 ans, j'ai regardé les films érotiques sur TMC quand mes parents sortaient le soir. J'espérais qu'ils rentrent assez tard pour que j'aie le temps de le faire. Quand on a eu un ordinateur, je suis devenue une petite hackeuse pour aller sur les sites porno sans me faire repérer. »

Après le bac, Petra poursuit des études de photographie et écrit un mémoire sur le porno. Le sujet : « Comment l'image crée l'excitation sexuelle ? » Elle voulait raconter ce truc voyeur par essence de la photographie, cette volonté de montrer ce que les yeux n'arrivent pas à voir, un peu comme une preuve scientifique du plaisir. « Pour moi, la définition du porno ne veut rien dire. Les photos du catalogue La Redoute n'étaient pas vouées à en être et pourtant… ça a été le support de plein d'ados pendant des décennies. » Elle me déroule l'histoire de la pornographie, me raconte que dans les années 1960, 1970, le porno est un espace de grande liberté où les gens expérimentent, sans enjeu de réussite, un vivier artistique. Dans les années 1990,

2000, le genre devient très commercial, géré par des individus qui voulaient faire de l'argent plus que des films.

À 30 ans, elle rencontre le milieu du porno alternatif, elle fait des photos pour le lancement d'un livre érotique de la photographe et travailleuse du sexe Romy Alizée. À cette occasion, cette dernière monte une installation de forniphilie – c'est le nom d'un *kink* (un fétiche) où des personnes se transforment en meubles. Donc la scénographie, ce sont des hommes qui servent de chaises, de tables... Et on s'assoit sur eux (oui, oui) un peu comme en acrosport, les vêtements en moins, vous voyez ? À la même période, Petra photographie un tournage d'Anoushka, pour le film *Blow Away*. Elle pénètre un univers bienveillant, tendre, ouvert, rempli d'acteurs sympas... Elle passe de si bons moments que germe en elle l'idée d'être actrice porno, elle aussi. Après un petit rôle de comédie (non explicite) sur un autre film d'Anoushka, elle finit par sauter le pas, quelques mois plus tard, sur le tournage de *Captives*.

Quand elle l'annonce à ses parents, c'est le drame. « Ça va te traumatiser, tu vas vendre ton corps ! » se désespère sa mère. Cette remarque me fait sourire parce que je l'ai toujours entendue de la bouche de parents comme le truc le plus dramatique qui soit, un point de non-retour. Je constate que ma génération ne voit plus du tout les choses de la même manière. On ne vend pas forcément son corps parce qu'on est désespéré(e). On peut choisir de le faire, ça peut même être un truc militant.

Parfois, on le vend sans même le conscientiser, sans qu'il y ait rien de sexuel, en faisant un boulot difficile où on est maltraité, parce que la société nous a mis dans ce système où il faut – coûte que coûte – gagner sa croûte pour payer les factures à la fin du mois. C'est comme ça que Petra me le raconte : « J'ai argumenté pendant des heures avec mes parents : je vends mon corps au capitalisme depuis bien longtemps ! Je me sentais plus monétisée quand je me faisais traiter comme de la merde dans un métier de service ! Je suis une grande cégéiste, et pour moi le travail est une aberration. On fait porter au porno le don de son corps, le don de soi, comme si on allait s'endommager. Alors que quand je travaillais dans la restauration, j'ai beaucoup plus "donné" mon corps que depuis que je suis actrice porno ! » Elle s'agace de ce tabou qu'il y a autour de la représentation du sexe, héritage judéo-chrétien : « Quand tes gamins te font douze petits-enfants, tu te doutes bien qu'ils ont ken pour ça ? Et là, c'est d'accord, mais devant une caméra, faire du sexe, c'est mal. Je ne vois pas pourquoi ça gênerait mes parents que je baise devant une caméra ! » J'adore sa franchise, sa radicalité.

Dans le porno qu'elle connaît – alternatif, donc – « les gens s'amusent avec la volonté de faire un beau film. Le porno est souvent vu comme un espace de performance sexuelle, mais ce n'est pas ce que je vis sur les tournages d'Anoushka. On ne fait pas plus d'une scène de sexe par jour, par exemple. Je me sens très privilégiée de pouvoir faire ce travail, de cette manière ». Avant sa première scène de sexe, elle rencontre son coéquipier, Doryann Marguet, ils vont boire un café, se font la liste des choses qu'ils aiment et n'aiment pas, posent leurs limites. Puis, elle va faire ses tests sanguins, et découvre qu'une des lignes affiche positif sans qu'elle comprenne à quoi ça correspond. « Je suis tombée dans le mélodrame, je me disais : c'est le Bon Dieu qui me punit d'être une salope ! » Mais son partenaire à l'écran lit ses tests et la rassure, le truc positif n'est pas une maladie, juste une bactérie qui s'en va d'elle-même. Dans ce porno-là, qui n'est évidemment pas représentatif de toute l'industrie, elle décrit un environnement de confiance et de solidarité.

Comme on entend souvent du porno pour lequel elle tourne qu'il représente « un plaisir non simulé » (dans le sens positif du terme), je lui demande si elle en prend sur les tournages. « Je tire du plaisir physique parce que j'aime ce que je fais, ça m'apporte de la joie. Mais je n'en ai pas sur toutes mes scènes et ce n'est pas le but. On s'en fiche qu'un acteur qui pleure à l'écran soit vraiment triste, non ? Il y a cette mouvance féministe autour du porno qui nous intime d'avoir de vrais orgasmes sur un plateau. Moi je n'ai pas forcément envie de donner ça sur un tournage, et d'ailleurs on ne me le demande pas. L'idée du plaisir véritable enlève aux acteurs et actrices leurs capacités professionnelles. »

Du porno, Petra pense qu'elle a toujours eu envie d'en faire. « Mais parce que je suis grosse, je me suis toujours dit que ce n'était pas pour moi. Même encore aujourd'hui dans l'alternatif, il y a beaucoup de corps très minces. Avant de me voir à l'écran la première fois, j'avais peur. Toute l'équipe du film autour de moi était adorable, me rassurait. Je me suis trouvée trop belle, trop bonne. Ça m'a donné confiance, ça m'a fait aimer me voir. Mon personnage de Petra (son nom de scène) m'aide beaucoup aussi, même dans ma vie civile. Et de penser que des gens se branlent en regardant cette scène, je ne trouve pas ça glauque, je trouve ça beau. Il y a un aspect irrévérencieux à faire ce métier pour moi. En grandissant en étant grosse, on t'apprend que t'es censée quémander le sexe. T'es pas la plus belle du groupe, donc si on te regarde, sois déjà bien contente. Mon irrévérence a été de dire : le sexe, j'en fais mon métier, et je vais devenir le sujet de tes fantasmes. Mon corps est le cauchemar de beaucoup de gens, mais moi j'aime être grosse, j'aime prendre de la place et j'aime le fait d'avoir poussé ça au point d'être actrice X et qu'on me voie baiser avec ce corps-là ! C'est très fort politiquement. »

Nous terminons cet échange éclairant avec une petite phrase qui me fait sourire : « Je suis choquée de voir que depuis que je travaille dans le porno et que je le dis ouvertement, visiblement, personne autour de moi n'en regarde ! Voire, personne n'en a jamais vu de sa vie ! » Ben voyons…

Chapitre IV

Mais pourquoi tu regardes ça ?

Contrairement à Petra Von Schatz, j'ai plutôt de la chance. Pour ce livre, on m'a très peu répondu qu'on ne regardait pas de porno. Heureusement, me direz-vous. On a même accepté de me détailler ce qu'on regardait et pourquoi.

Une fois passés la curiosité et les questionnements sur la sexualité, qu'est-ce qui pousse les femmes à consommer de la pornographie ? Pour la plupart, elles sont revenues vers ces contenus explicites longtemps après les avoir découverts. Elles n'ont pas été happées par l'industrie, lobotomisées dans leur plus tendre enfance. Elles ont fait le choix éclairé, à l'âge adulte, de taper dans leur barre Google : Pornhub.com (l'objectif n'est pas de leur faire de la pub, mais c'est le nom qui revient le plus souvent). Après avoir exploré les raisons qui les avaient fait atterrir là, j'ai eu envie de savoir : Pourquoi ? Pourquoi vous en regardez ? Qu'est-ce que vous regardez ? Comment vous en regardez, avec qui ? Quelle place ça occupe dans votre vie ?

Quels pornos matent les femmes ?

À l'image du fantasme, on imagine souvent que le porno intervient à un instant de la vie où il y a un manque. On ne fait pas l'amour avec quelqu'un, alors on fantasme pour combler le vide, ou on regarde du porno pour compenser. Pas mal de mes témoins racontent d'ailleurs que leur utilisation des plateformes est liée au temps dont elles disposent seules et parfois, donc, au célibat. Mais c'est loin d'être le cas de toutes. Pour certaines, le porno intervient dans un temps à soi, sans être forcément une réponse à la frustration. Il entre même parfois dans un espace fondamental, essentiel : une sexualité indépendante, sans besoin de partager ou de faire d'effort vis-à-vis d'un(e) partenaire.

Il y a celles qui naviguent à l'aveugle, qui se laissent entraîner par l'algorithme, et finissent par découvrir ce qu'elles apprécient. Il y a celles qui veulent des contenus « vrais » et qui regardent de l'amateur. Celles qui veulent voir des pros et fuient comme la peste les contenus amateurs. Celles qui regardent parce que « pourquoi les mecs et pas moi ? ». Celles qui le font pour décompresser, jouir vite, se détendre après une journée de boulot intense, faire face à une contrariété…

« Ma meilleure amie m'a déjà fait la remarque : mais pourquoi tu regardes ça ? Elle ne conçoit pas que ce soit possible, elle dit que la femme est beaucoup trop dégradée dans les films porno », me raconte Inès. Elle a une histoire compliquée, un père qui l'a complètement écartée dès lors qu'elle est passée du statut de petite fille à celui d'adolescente, sans qu'elle comprenne trop pourquoi. Sa vie sexuelle a d'abord été façonnée par des mecs pas tendres, biberonnés aux pires clichés du porno. Elle n'a découvert la masturbation que tardivement, et le porno avec. Mais quand elle en regarde, contrairement à ce que pense sa meilleure amie, elle ne voit pas que des femmes dégradées. Elle aime les couples amateurs pour la réalité qu'ils donnent l'impression d'avoir sous les yeux, pour la passion qui se dégage de leurs ébats, pour l'amour qu'on devine parfois. Le couple Léo et Lulu, par exemple. Elle regarde des femmes faire l'amour ensemble parce que c'est doux, excitant. Ce sont les scènes de cunnilingus qui lui plaisent surtout. Parfois, elle s'oriente vers du *dirty talk*, des plans à trois. Quand je lui demande pourquoi elle en regarde, elle me répond qu'il y a une forme de revendication là-dedans. Elle voulait explorer sa sexualité, découvrir une autre façon d'être excitée… parce que ses pensées ne lui suffisaient pas à déclencher du désir. Alors elle est allée regarder du porno, exactement comme il est entendu que les garçons le font, finalement. « Ça s'inscrit dans une réflexion plus globale sur le patriarcat qui domine nos pratiques, en particulier dans le domaine sexuel. Je me souviens de l'époque du collège où il n'était pas rare d'entendre les garçons parler de masturbation et de pornographie, alors que les filles n'en parlaient pas du tout. Il m'a fallu du temps, de l'exploration et de la confiance en moi pour m'aventurer dans la masturbation. Une fois ce cap franchi, j'ai eu un sentiment de puissance : moi aussi, je peux me donner du plaisir et je n'ai pas besoin d'un homme pour ça. Adopter les pratiques décomplexées des hommes m'a semblé une bonne idée. Ils prennent beaucoup de place dans ce domaine, que ce soit par leurs discussions décomplexées, les blagues graveleuses, le *body count* ou l'attitude de Don Juan. À l'inverse, dans l'imaginaire collectif, une femme séduisante est souvent décrite comme mystérieuse et discrète sur ces sujets. Il n'y a aucune raison pour qu'une femme ne s'approprie pas aussi le visionnage de porno. Je n'ai pas honte de le dire. »

Après avoir été victime d'un viol, au tout début de sa vie d'adulte, Eloïse – qui racontait plus haut avoir découvert le porno par une bifle sur le téléphone d'un copain dans la cour de récré – est entrée dans une phase de « reconquête » de sa sexualité. Elle fréquente un garçon très branché sur le porno, qui lui partage ce qu'il regarde : « ultra-produit, ultra-violent, ultra-BDSM », résume-t-elle. Sans que ça lui plaise, Eloïse voit bien que ça l'intrigue. « Je me disais, il y a des gens qui font ça et qui aiment ça. J'avais de la curiosité, alors j'ai commencé à regarder ce qui pouvait me plaire. » Elle consomme environ deux fois par mois, avec des phases de porno lesbien, qui la rassurent, parce qu'il n'y a pas d'homme sur la vidéo qui pourrait agresser une femme. Ce qu'elle préfère, ce sont les scènes de cunnilingus ou de 69. Les passages qui mettent en scène une pénétration – par exemple avec un gode ceinture – elle évite. La catégorie « plein air », elle aime bien aussi : sur une plage, dans une voiture… Là encore, parce que ça la tranquillise : « Il n'y a pas ce côté huis clos avec un homme. Dans mon scénario mental, je me dis qu'on peut partir à tout moment. »

Il y a presque autant de femmes qui regardent du porno que de façons et de raisons de le faire. En préambule, Alma – qui avait découvert le porno avec sa cousine et une amie à elle, dans le salon parental – raconte que le visionnage de porno est arrivé sur le tard, après que sa vie sexuelle a été construite. Ça a commencé par de l'écrit, pour décompresser au travail : « Dans la première agence où j'ai travaillé à Paris, je finissais très tard, j'avais de gros objectifs, une charge de boulot importante. Quand j'avais besoin de faire une pause et que j'étais seule au bureau le soir, il m'arrivait de me masturber en me racontant une petite histoire sexuelle, et de me rendre sur un site où on pouvait lire ce genre de récits. J'effaçais l'historique tout de suite après. Ça m'aidait à redescendre. » À 30 ans, elle a enfin sa propre connexion Internet. Son copain a un ordinateur, qu'elle emprunte pour « regarder du porno, de manière complètement libre, quand je veux, autant de temps que je veux... C'est le moment le plus libre de ma vie, après des années de frustration sexuelle dans une histoire où ça ne se passait pas bien sur ce plan-là. Ma consommation de porno a commencé dès que la solution matérielle pour pouvoir en visionner s'est présentée. J'en regardais une fois par semaine, pas longtemps, je cherchais du plaisir, pas forcément à jouir. C'était une façon pour moi de sortir d'une émotion déplaisante : la fatigue, le travail, le stress, une contrariété, un emmerdement... ». Ce qui motive Alma, c'est surtout le scénario. Elle veut voir le prolongement de ces petites histoires qu'elle s'est toujours racontées dans sa tête pour s'exciter. En général, des trucs « interdits », me dit-elle. « Un scénario avec de prétendues relations en famille, ça ne me dérangeait pas. Il y avait ma petite police interne qui s'exprimait, mais je ne me mettais pas de censure. Je n'ai jamais regardé les vidéos complètes : je regarde la mise en place, je saute les minutes de fellation, je passe aux pénétrations, et je vais rarement jusqu'à l'éjaculation. Ce qui m'intéresse c'est comment on en arrive là et la pénétration. »

Ambre – la découverte du porno au réveil en soirée – a commencé à naviguer sur les plateformes X avec des mots clefs du type *people in love* dans le but précis « d'échapper au glauque ». Mais petit à petit, sans qu'elle voie le truc venir, les sujets de vidéos sont de moins en moins *love*, et de plus en plus hard. Les dérives familiales s'invitent dans les suggestions par exemple, « beau-père et sa belle-fille », « beau-frère et belle-sœur ». De ceux qui ne dérangent pas Alma, mais qui bousculent Ambre. « Je trouve ça très malsain, mais par curiosité je me mets à regarder ce genre de choses. Je me sens extrêmement mal, mais le constat, c'est que physiquement, ça marche. Donc je le fais, et je me sens comme une merde après. Il y a une partie de moi qui me pousse à y revenir ensuite. Mais les sujets familiaux me dégoûtent assez vite. Je passe au BDSM, à des scènes de coercition. Entre mecs, entre meufs, ou encore des scènes de sexe dans des lieux publics… Alors qu'à titre personnel, ce n'est pas du tout mon truc. C'est assez scénarisé pour donner l'impression que la personne est consentante. Enfin, en tout cas, j'espère qu'elle l'est. Les gang bangs avec quatre-vingt personnes, ça non, mais les plans à deux ou trois, oui. »

Coup de boost pour l'imaginaire. C'est ce que cherche Louise quand elle regarde du porno. Louise, c'est celle dont la première fois a laissé une tache rouge sur le drap blanc, et qui a fini par devoir s'expliquer devant ses parents paniqués au beau milieu de la nuit. Avant de faire l'amour pour la première fois, Louise se contentait de ce que lui proposait son imaginaire pour se masturber. Elle a très vite compris qu'elle n'aimait pas « des choses très classiques ». À 16 ou 17 ans, elle perçoit ses fantasmes comme « de plus en plus déviants ». D'après ce qu'elle a vu dans les films, dans les séries et ce qu'elle a lu dans les bouquins, une femme fantasme selon une recette précise. Les ingrédients sont : l'amour, la tendresse, un compagnon stable, basta. « Moi, le missionnaire ne me fait pas grand effet. Je m'imagine plutôt coucher avec plusieurs mecs, j'imagine mon mec me regarder coucher avec quelqu'un d'autre et sa jalousie m'excite. »

Et puis il y a ce premier rapport, moins coloré que ce à quoi elle s'attendait. Pas de quoi donner à manger à cet imaginaire gourmand. Elle qui pensait pouvoir se repasser cet instant exquis de sa sexualité en boucle… Fantasmer sur ce chéri tout nu, encore et encore, jusqu'à leur prochaine rencontre, telle Ariane espérant le retour de Solal dans *Belle du Seigneur.* Raté ! L'échec est cuisant. Force est de constater que ce souvenir n'est « ni suffisant, ni même excitant », lâche-t-elle avant de reprendre une gorgée de spritz. Et de préciser : « D'ailleurs, mes rapports n'ont jamais suffi à mes fantasmes, contrairement à cette idée que l'autre est censé satisfaire tous nos besoins sexuels… » Une idée qu'on met surtout dans la tête des femmes, soit dit en passant. Qui attend d'un homme hétéro que son désir se limite à sa bien-aimée ? Qui pense encore que ça existe, un mec qui n'a d'envie pour rien ni personne d'autre que pour elle ? Pas moi en tout cas. Qu'on soit un homme, une femme, une personne non binaire, transidentitaire, peu importe, je suis persuadée que notre autoérotisme a besoin de diversité et qu'une seule personne ne peut suffire à l'alimenter.

Voilà comment Louise s'en remet au porno, pour alimenter sa bibliothèque excitatoire. Sa première connexion, c'est un jour où elle n'arrive pas à se faire jouir. Ses impressions initiales ne sont pas très positives : « Je me suis sentie complètement perdue, difficile de ne pas tomber sur une meuf avec l'anus en chou-fleur. Ça m'a fait me dire que ce n'était pas pour moi… ». Mais elle ne renonce pas tout de suite : « J'ai tapé dans Google ce que je recherchais précisément et j'ai trouvé. Moi j'aime regarder des gang bangs. Je n'ai aucune idée de pourquoi. Que l'on s'entende : ce que j'aime imaginer, ce n'est pas ce que j'aimerais vivre au lit. Le lâcher prise avec cinq personnes autour de moi ? Certainement pas, je n'y arrive déjà pas avec un seul ! Dans mes goûts pornographiques, l'interdit m'excite, mais j'en suis gênée. Je cherche une situation qui pourrait se passer dans ma chambre mais qui ne s'y passe pas. Je suis restée sur ce truc, je me suis peu aventurée… », me raconte-t-elle dix ans plus tard. Quoique, il y a quelque temps, elle a eu une autre phase. Elle est tombée sur la vidéo d'une femme enceinte qui faisait l'amour et s'est trouvée littéralement fascinée par ce corps arrondi qui prenait du plaisir, au point de ne regarder que ça pendant plusieurs mois.

Quand le porno s'invite dans les couples

Quand Louise me parle de son petit plaisir pornographique, j'ai envie d'en savoir plus sur ce qu'elle vit au lit. Elle n'y fait pas de gang bangs, mais fait-elle dialoguer ses expériences sexuelles et son chemin pornographique, parfois ? L'un inspire-t-il l'autre ? Est-ce que son mari sait qu'elle en regarde ? Ou peut-être en regardent-ils ensemble ? Le porno dans le lit conjugal est un sujet que j'ai hésité à aborder dans ce livre. Mais si le porno fait partie de la réalité des femmes, il doit bien y avoir un moment où les deux sexualités s'entrechoquent, discutent ? Ou au contraire s'évitent ? Là encore, sans surprise, il y a des tas de façons d'intégrer le X à son couple. Certaines partagent, d'autres pas, d'autres encore le font seulement parfois.

Un secret bien gardé

Louise m'en parle facilement. Sa fréquence de consommation de films adultes est étroitement liée au partenaire qu'elle met dans son lit, me dit-elle. Pendant sept ans, elle est sortie avec un garçon qu'elle aimait beaucoup, mais avec qui elle n'a jamais eu le moindre orgasme. Pas un seul. Elle s'était alors persuadée que les rapports de couple ne pouvaient pas lui apporter ce truc délicieux qu'elle savait s'offrir seule, en quelques secondes de caresses. Le porno était son compagnon d'heures solitaires, un truc à elle. Le moment de sa vie où elle en a le moins regardé ? Pendant une autre histoire, de courte durée cette fois. « Avec un mec très instinctif, pas très intéressant mais très doué au lit. » Il n'amène rien de cérébral dans le sexe et lui permet de vivre une partie de ses fantasmes, comme la domination – avec son consentement, bien sûr.

Maintenant, elle est en couple avec l'homme qu'elle a choisi pour « faire sa vie » comme on dit. Ils vivent ensemble depuis plusieurs années, sont mariés. Elle est heureuse et comblée. Mais pas au point de renoncer à son petit plaisir solitaire. « Ça m'est arrivé de regarder du porno à côté de lui quand il dort, avec mes écouteurs dans les oreilles. Après, j'efface immédiatement mon historique », glisse-t-elle entre deux gorgées. Elle prononce cette phrase un peu comme si de rien n'était. Je sens qu'elle tâte le terrain pour voir si je vais réagir à cette déclaration. Évidemment, ça attise ma curiosité, comment s'y prend-elle ? A-t-elle peur d'être prise en flag ? Le fait-elle souvent ? « Je l'ai fait pas mal de fois. C'est vrai qu'on pourrait se dire que je n'ai qu'à y aller, lui faire l'amour, puisqu'il est juste là ! Mais en fait non, parce que le porno m'apporte un truc précis. Le rapport sexuel est plein d'incertitudes : tu ne vas pas toujours finir. L'orgasme n'est pas acquis pour les femmes quand elles font l'amour. Alors qu'avec le porno, c'est sûr, tu jouis. Et parfois tu as envie d'être sûre et de ne pas te faire chier avec tout le reste.

Dans le porno, il y a un truc qui est à moi, c'est moi qui décide. Personne ne sait, personne n'a d'emprise sur cette sexualité-là. J'aime aussi ce secret. Ça fait partie de la charge érotique du porno : je n'ai pas à me demander si quelqu'un va bien, prend du plaisir... J'ai l'impression de prendre en main ma sexualité et qu'elle ne dépend de personne. »

Parfois, Louise revendique le porno comme elle s'improvise une place en terrasse, sans s'excuser. Et d'autres fois, Louise hésite, se questionne, se juge. Comme beaucoup de femmes qui se sont confiées pour ce livre, dont l'intimité est teintée d'ambivalence. « Je suis très nulle pour dire aux mecs ce que je veux. Je sens très vite quand ça saoule l'autre de faire des préliminaires. Je suis plus dans l'attente de ce que l'autre ressent que dans mon truc à moi. Je ne vais pas imposer à mon mec d'attendre vingt-cinq minutes pour me faire jouir... Alors je feins l'orgasme depuis... », sa phrase reste en suspens, elle cherche la date, mais renonce à trouver la réponse, qui a l'air trop lointaine. À propos de son mari, elle ajoute : « Je pense qu'il croit que je jouis à chaque fois, alors que pas du tout ! Et si demain je fais machine arrière en lui disant que je n'ai pas fini, il va se dire : mais comment ça se fait que depuis trois ans ça marche et pas cette fois ? » Elle se reprend, tempère un peu : « Enfin, je jouis avec lui, mais pas à chaque fois. » Dans son couple, Louise regarde du porno pour se satisfaire et ne pas trop en demander à l'autre. Pour elle, il est une sorte de réducteur de charge mentale sexuelle. Elle a choisi la voie du secret, plutôt que du partage. Mais elle prend un certain plaisir à le regarder juste à côté de son mari, ça ajoute un peu de danger, de l'interdit à son visionnage, et une dose d'excitation.

Elle a déjà abordé le sujet du porno avec ses petits copains, ou du moins répondu à leurs questions. Elle a toujours dit ce qu'elle considère qu'on attend d'elle, à savoir qu'elle regarde « des pornos de filles ». Du vanille-fraise, romancé, dédié aux femmes, avec des histoires cucul, un mec hyperattentionné… « J'ai déjà essayé, hein, mais ce n'est pas ce qui me plaît. Pour moi dans le porno il y a ce truc que tu ne vis pas. On tourne vite en rond dans sa sexualité de couple. Et je me dis qu'être dans un schéma d'exclusivité et de fidélité nous voue à faire une croix sur une partie de notre sexualité. Je ne vais pas demander à mon mec de devenir un dominant, de jouer un rôle pour me faire plaisir, ce n'est pas lui. Mon partenaire de vie n'est pas forcément mon partenaire sexuel idéal. C'est dur à accepter, et en même temps, est-ce que j'ai vraiment besoin qu'il remplisse toutes les cases ? » Elle fait cette observation, et quelques instants plus tard se demande quand même si ce n'est pas anormal d'avoir besoin de ça à côté de sa vie sexuelle partagée…

De quoi je manque ? Pourquoi je n'arrive pas à dire ce que je veux ? Ce que je regarde, c'est ce que je veux vivre ? Et est-ce que j'ai vraiment envie que mon/ma conjoint(e) sache ce qui m'excite au plus profond de moi, qu'il/elle connaisse ce fantasme que moi-même je n'assume pas toujours ? Est-ce normal ou condamnable de « compléter » ma sexualité de couple avec de la masturbation et un film X ? Voilà des questions que j'ai souvent entendues au fil des récits intimes.

Du coup, je me demande si des psys ont pris position sur le sujet. Alors je tape machinalement les mots « porno » et « psy » dans Google, pour trouver quelqu'un avec qui en parler. Deux options s'offrent à moi : un film de fesses en pleine consultation, joliment intitulé : *Je suis accro au sexe, mon psy me défonce.* Et toute une ribambelle d'articles signés de psychologues ou de journalistes autour de l'addiction au porno. « Se défaire de son addiction au porno », « Arrêter la pornographie en 9 étapes… » Un lien s'en détache, intitulé *Psychanalyse et pornographie, nos fantasmes à l'écran.* C'est sur celui-là que je clique. C'est le titre d'un livre du psychanalyste Eric Bidaud, que j'ai rapidement cité plus haut. Au téléphone, il me confie spontanément avoir une position peu courante sur la chose parmi ses confrères et consœurs. D'abord, il précise qu'il n'est pas question pour lui de culpabiliser la relation au porno. Ensuite, il explique que le couple est constitué de deux personnes au moins et qu'il y a donc de fait plusieurs « champs » de sexualité. « Il y a la sexualité partagée, mais aussi la sexualité isolée, l'autoérotisme. Et tout cela cohabite de manière plus ou moins facile selon les gens. » D'après lui, pour qu'un couple dure, il faut que la sexualité reste vivante. Et le porno peut intervenir à cet endroit-là.

Le « piment du couple »

Catherine a 62 ans, c'est quelqu'un que je connais depuis longtemps. C'est un personnage. D'elle, je peux vous dire qu'elle est loin d'avoir sa langue dans sa poche. Pour autant, le sujet du porno n'a jamais fait irruption dans nos conversations autour d'un thé le dimanche après-midi. Je lui envoie une note vocale sur WhatsApp pour lui parler du livre, en me disant que, peut-être, elle a déjà vu du porno dans sa vie. Tout de suite, elle accepte de me parler. Pour elle, le porno se définit comme « un piment du lit conjugal ». Ça a commencé sur Canal+ avec son ex-conjoint, père de deux de ses enfants. Et puis ça s'est un peu diversifié grâce à des cassettes que leur bande de copains se refilait sous le manteau. Elle n'était pas à l'origine de la démarche, mais ça lui plaisait : « On en regardait ensemble et ça nous excitait tous les deux. On finissait ensuite au lit. C'était un moyen d'améliorer notre sexualité », résume-t-elle.

C'est aussi le cas d'Alma, pour qui le porno a été un support d'imaginaire dans la sexualité avec son conjoint. « On en a beaucoup regardé ensemble. On décryptait et on essayait de reproduire… » Ils n'avaient pas les mêmes goûts, pas les mêmes habitudes, elle allait sur Tukif.com, lui sur Pornhub.com. « On avait cette histoire que j'aimais bien, un mec est missionné par un cheikh pour recruter des femmes pour son harem. Il les mesure, les examine… Je joue la fille et mon conjoint le recruteur. Il y a un regard, un rapport de soumission, le désir de convenir à une attente, qui ouvrent sur de très longs préliminaires. Cette domination, on ne l'a pas du tout dans notre quotidien de couple. » Vous l'avez sûrement remarqué, souvent mes témoins parlent au passé, parce que les lignes de la sexualité bougent. Ces petits scénarios, ils les mettent moins en scène désormais. Mais elle note qu'ils ont toujours été « en paix » avec ce que l'autre regardait. Pas un tabou, pas un secret, juste un truc qu'ils partagent parfois et choisissent à d'autres moments de garder chacun pour soi.

Le porno, un décodeur de l'autre

Ça vous est déjà arrivé de vous retrouver au lit avec quelqu'un et de vous dire que vous aimeriez avoir une clef pour réussir à comprendre cette personne ? Un décodeur qui vous permette de savoir si elle a envie que vous engagiez le truc de manière fougueuse ou plutôt délicate ? Qui vous permette de savoir comment la prendre, comment la toucher ? Se retrouver aussi proche du corps de l'autre, surtout au début de la relation, est un exercice que j'ai toujours trouvé périlleux.

C'est comme ça que Céleste, 25 ans, se sert du porno en couple. C'est une jeune femme que j'ai rencontrée à une projection de films d'Erika Lust, dans un petit cinéma du quartier latin à Paris. Elle était la plus à l'aise du groupe, très bavarde, enjouée. On a brièvement discuté sur le moment, et on s'est rappelées ensuite. Ses relations amoureuses et sexuelles, elle les vit avec des femmes. Et pour elle, le porno est un décodeur. « Quand je suis en couple, il y a toujours un moment où je dis : tiens, si on regardait un porno ! Je trouve que ça permet de mieux cerner ce qui se passe pour la femme qui m'accompagne. Les gens ont parfois du mal à mettre des mots sur ce qui les excite. Surtout sur les trucs *deep*, tabous… Avec le porno, on libère la discussion, on arrive à admettre un fantasme qu'on gardait tu jusque-là, celui du viol par exemple. On ne va pas le mettre pour autant en scène, évidemment, mais ça aide à comprendre l'autre. Je me souviens de cette phrase qu'on m'avait dite et qui m'a marquée : le porno tape dans l'angle mort de la raison. Le truc qui te dégoûte dans la vie, tu le regardes en vidéo et tu es excitée alors que tu ne t'y attendais pas… »

Betty aussi se définit comme lesbienne, c'est elle qui racontait plus haut avoir découvert le porno grâce (ou à cause de) Barbie, et s'être plus tard portée sur des contenus plus érotiques que pornographiques, notamment des séries. Mais elle me disait aussi qu'à un moment donné, elle avait eu besoin d'images plus crues. « Bizarrement, ma petite révélation, ça a été le porno gay », commence-t-elle. Ça, elle a longtemps eu du mal à l'assumer, elle avait peur que ce soit vu comme « chelou pour une meuf lesbienne », qu'on lui rétorque qu'elle fantasmait sur les mecs sans assumer. « Dans le porno gay, il y a aussi de la domination, un pénétrant un pénétré, mais il y a quand même un truc intéressant, je me retrouve davantage dans la dynamique, plus égalitaire, comme entre meufs. J'ai l'impression qu'ils s'éclatent plus, qu'il n'y a pas juste une meuf qui ne fait que gueuler avec des cris super aigus. C'est du domaine de l'inatteignable, de l'interdit, ça me plaît. Je peux transposer leur désir au mien. » Un jour, sa copine prend son téléphone pour lui montrer quelque chose et voit que l'icône Pornhub apparaît dans ses onglets favoris de navigation. « Elle est hypercurieuse et moi hypergênée. Mais elle me suggère qu'on partage ce qu'on regarde l'une et l'autre comme porno. J'ai mis un petit moment à accepter son idée mais j'ai fini par dire oui. Je crois que c'est le truc le plus intime que j'ai fait avec quelqu'un, de laisser ma copine plonger dans ce qui me fait le plus kiffer physiquement, dans le fantasme, dans cet espace où d'habitude on n'a de compte à rendre à personne. La vidéo que j'ai choisie met en scène des garçons d'une fraternité, de la chaîne Fraternity X. Ça raconte un rite initiatique entre mecs hétérosexuels. Il y en a un qui se dévoue pour être pénétré pour faire plaisir à tous ses potes. Le gars rampe par terre à quatre pattes… C'est une scène d'humiliation. Je suis gênée de dévoiler ça, et en même temps, avec ma copine on a déjà exploré le BDSM, l'humiliation on en a déjà discuté. L'objectification de ce mec dominé par ses potes me rappelle ce sentiment qui s'est attaché à moi après le harcèlement que j'ai vécu en dévoilant que j'étais lesbienne, où on te laisse entendre que tu es dégueulasse. Et finalement, c'est comme s'il y avait une réécriture de mon scénario, où de la honte naît du plaisir. Et ça, ça me plaît. C'est une expérience des limites aussi. Après s'être montré nos vidéos, on s'est arrêtées et on s'est dit : on vient de partager un sacré truc, là ! »

Le porno, soutien de la sexualité au grand âge

Entretenir l'autoérotisme, on le fait aussi quand il n'y a plus de couple, plus de sexualité partagée. Pour Gisèle, 80 ans, le porno est un partenaire sexuel à part entière. Un soutien du grand âge.

Gisèle a divorcé en 1980 de celui qui fut son mari. Depuis l'est de la France où elle vit, on commence par parler de la pluie et du beau temps. Justement, il fait chaud en cette fin de mois de juillet dans l'Est, elle entend l'orage, la température devrait redescendre bientôt. Sa fille ne vit pas loin, et certaines de ses petites-filles sont installées dans la région. Entre elles, le sujet de la sexualité n'est pas tabou. Après s'être séparée de ce premier mari, Gisèle ne s'est jamais vraiment remise en couple. Elle a eu une « vie de femme libérée, une belle vie », me décrit-elle. Des tas d'aventures, avec des hommes plus jeunes qu'elle. Les hommes de son âge, c'est non, « quand je les vois je me dis : c'est pas possible, Gisèle, tu peux pas coucher avec, c'est pas possible ! ». Mais depuis cinq ou six ans, c'est terminé. Un soir, Gisèle a éternué et quelque chose s'est passé en bas de son ventre. Une masse s'est formée dans son vagin. Elle a eu peur, elle a pensé à une tumeur, a appelé sa gynéco immédiatement. En fait, c'était une descente d'organes, sa vessie s'est affaissée, modifiant l'aspect de son vagin. « De ce jour-là, j'ai stoppé ma vie sexuelle avec un partenaire ! » même si la gynécologue était formelle : le prolapsus génital n'empêche pas de faire l'amour. « Ça m'a mis une barrière », balaye l'octogénaire.

Quand elle avait 22 ans, un film érotique est sorti au cinéma. Elle est allée le voir sans son mari, avec deux couples d'amis. « Je ne me souviens pas du film, mais j'étais mal à l'aise, il y avait plein d'hommes seuls dans la salle. J'étais pas bien, c'était malsain. Je n'en ai plus jamais revu. » À ce stade du récit mon téléphone doit afficher maximum 10 minutes de conversation. Je me dis : mince, on va déjà s'arrêter, là ? Un souvenir vieux de 60 ans, sans détails ? Mais Gisèle fait une distinction que je n'ai encore jamais entendue dans les entretiens. Pour elle, un film porno et une vidéo porno, ce n'est pas pareil. Elle hiérarchise, d'ailleurs : le premier est pire que le deuxième. Après cette parenthèse, elle revient à cette période de sa vie où elle a renoncé à avoir des partenaires sexuels. Pour se faire plaisir toute seule, elle s'aperçoit vite que son imaginaire ne fait pas l'affaire. Elle a un copain qui parle souvent de vidéos porno, « alors j'ai fait comme ça, j'ai tapé "vidéo porno" et j'ai commencé à regarder. Avant je n'en regardais pas. Aujourd'hui, je ne peux plus m'en passer quand je me masturbe. » Ce n'est pas tout le temps, ça, elle le répète beaucoup, parfois elle dit même « je ne suis pas une malade, hein » pour s'assurer qu'on a bien compris qu'elle n'était pas accro. Elle regarde des petites vidéos – « pas des films, hein ! » insiste-t-elle – de 5 ou 6 minutes, 10 minutes max. Même si elle change de vidéo en cours de route, « ça ne dure pas une heure, hein ! » se défend-elle encore. Elle le fait sur son téléphone portable, sur l'application Internet, mais ne sait pas trop le nom du site qu'elle utilise. « J'ai pas honte hein, rien du tout ! J'ai pas peur de le dire, ça m'excite. Je pense que la libido baisse à mon âge, et de regarder ça, ça me met un petit coup de fouet. J'éprouve même plus le besoin de trouver quelqu'un. Ça me convient tout à fait. »

Ce qu'elle regarde ? Pas de vidéos violentes, prévient-elle. « Ni avec des jeunes filles, des jeunes femmes, ça, hors de question. Je cherche des vidéos avec des hommes mûrs, hétéros. 50, 60 ans. Quand la femme est un peu plus jeune que lui, ça m'excite beaucoup. Ce qui est paradoxal d'ailleurs parce que dans ma vie c'était le contraire [ses partenaires étaient toujours plus jeunes]. Souvent, c'est des histoires de femme de ménage, ou d'employée qui a rendez-vous dans le bureau de son patron… Je choisis toujours des vidéos où l'homme et la femme partagent le plaisir, ce n'est pas seulement l'homme qui passe du bon temps. Je mets le son, sans ça je n'ai pas d'effet. Je change à chaque fois, je ne regarde jamais les mêmes. »

Virtual sexuality

Avant d'écrire ces pages, quand je parlais de sexualité, c'était pour évoquer ce qui se passait « en vrai ». Autrement dit, dans les gestes. Ceux que je fais sur moi-même, ceux que je partage dans ma vie sexuelle à deux. Or dans le sexe, l'immatériel a beaucoup d'importance. J'entends par là : ce que vous avez dans la tête, vos fantasmes, vos envies, vos peurs, vos questions, vos curiosités. Et le volet virtuel, qui est au cœur de ce livre : ce que vous lisez, ce que vous regardez, ce que vous écoutez. Ça, j'en ai pris conscience en matérialisant ces lignes. Dans l'intimité, dans un lit, sous la ceinture, qu'importe comment on l'appelle, je suis persuadée que le virtuel peut nous apporter beaucoup. Chez Gisèle, il remplace carrément un partenaire sexuel. Chez Louise, il permet d'explorer ce qui l'excite à fond, sans risquer d'esquinter l'image qu'elle renvoie à son mari et à laquelle elle tient. Chez Hermès, c'est un voyage didactique vers soi-même et sa sexualité. Qu'importe le contenu, le virtuel est un membre à part entière de ces sexualités.

Naomi, qui parlait de sa découverte des mangas lesbiens érotiques plus haut, est sûrement la personne qui m'en a le plus fait prendre conscience. Le virtuel a eu un rôle particulier pour elle, qui a été travailleuse du sexe par caméra interposée. En plus de nourrir nos imaginaires, elle estime que ce virtuel est notre coin de liberté le plus puissant qui soit. C'est dans cet espace-là qu'elle s'est réconciliée avec sa sexualité. Elle avait 17 ans quand elle a commencé « la cam ».

« C'est la période où j'étais en transition (féminin vers masculin) et j'avais la sensation d'être assez désexualisé·e. Je ressemblais à un très jeune garçon, malgré la testostérone que je prenais dans le but d'avoir l'air plus mature, notamment. J'ai commencé par un blog sur Tumblr sur lequel je postais des photos de moi nu·e. Je voulais revendiquer ma sexualité de jeune mec trans. On a commencé à me proposer de l'argent contre du contenu et je suis entré·e dans cette logique-là. J'ai eu quelques clients en physique, mais ça n'a pas duré très longtemps.

« J'ai surtout fait des vidéos sur Manyvids et sur Skyprivate. J'ai eu plusieurs pseudos, plusieurs identités au fil de cette expérience. Au départ, je jouais sur le fait d'avoir l'air d'un jeune garçon avec des seins et un vagin, puis je suis passé·e à des personnages particulièrement androgynes, et j'ai fini sur un personnage très féminin, une dominatrice. C'est une période où j'ai exploré ma sexualité. J'ai joué sur les esthétiques, j'ai étudié l'image que j'avais de moi-même et celle que je renvoyais aux autres. Me mettre en scène, avec de la musique, du montage, c'était assez jouissif. Le fait d'avoir une sexualité solitaire à travers la caméra, c'était très excitant pour moi. Davantage que ce que je vis dans la réalité. Mon rapport à l'autre est toujours compliqué, j'ai du mal à savoir ce que je désire, je suis quelqu'un qui dit oui mais qui ne sait pas vraiment ce qu'elle veut sexuellement parlant. Cette période de caméra est sûrement celle de ma vie où j'ai été le plus libre dans ma sexualité. J'avais une maîtrise absolue de ce que je voulais faire, grâce à l'écran, à l'irréel.

« Il m'est arrivé de partager des scènes avec un amoureux et avec une amoureuse. Dans la façon de relationner avec eux pour la vidéo, comme j'étais la directrice artistique du moment, que je choisissais les plans, l'angle… Ça m'a donné une maîtrise de ma sexualité, que je n'ai pas retrouvée ensuite dans les moments privés à deux. J'ai eu comme clients des jeunes mecs trans, des non-binaires, des femmes aussi, qui avaient du mal avec leur image et qui, en me voyant me sexualiser, réussissaient à trouver une forme de liberté. Il y avait une sorte de mission de valorisation de soi dans ces vidéos.

« La période n'était pas facile, c'est une activité très stigmatisée et jugée, j'en étais dépendante financièrement, je me suis beaucoup isolée parce que j'en faisais à longueur de journée. J'ai fini par craquer psychologiquement et j'ai tout arrêté à 20 ans. Mais j'en garde le souvenir d'une expérience bénéfique du point de vue de l'estime que je me porte. Me mettre en scène m'a tellement plu que je me suis inscrite à un cours de théâtre et que j'ai continué jusqu'à en faire mon métier. »

Notre conversation dérive sur le théâtre, les compagnies dans lesquelles elle bosse, son travail de mise en scène des autres. Elle revient souvent à l'idée que cette sexualité virtuelle l'a aidée à trouver son espace, dans lequel elle se sent bien, mieux que dans la vie réelle. D'ailleurs, la sexualité virtuelle, elle continue de l'explorer par d'autres biais. Elle m'apprend qu'il y a tout un univers pornographique dans les jeux vidéo. En vrai boomeuse sur la question, je n'en avais aucune idée. Enfin, je dis ça mais ce n'est qu'en partie vrai. Avez-vous joué aux Sims ? J'y ai été accro toute jeune ado. On y a passé des journées entières avec mes copines. À l'époque, le jeu proposait déjà des options « love », et dans mon souvenir de « fabriquer un bébé ». Je l'ai souvent fait avec mes personnages, je trouvais ça marrant. On ne voyait pas grand-chose, des étoiles et des cœurs s'agitaient autour des deux personnages quand ils s'embrassaient ou faisaient l'amour. Aujourd'hui, ça a bien changé, parce que ce jeu est « modable », m'explique Naomi. Elle est tombée sur une vidéo, sur Pornhub, de Sims en plein ébat explicite.

« En fait, le jeu a été pensé par ses développeurs pour qu'on puisse lui ajouter des "modes", qui sont réalisés par d'autres développeurs pour intégrer des drogues, de la prostitution, du sexe… Il y a ce mode porno, dans lequel tu peux créer tes Sims comme tu veux, choisir le scénario, les actes sexuels qu'ils vont faire, c'est plutôt réaliste, ça va jusqu'à la texture des seins… Et évidemment, il n'y a pas de pixels autour de leur sexe quand ils font l'amour », détaille-t-elle en précisant au passage qu'il lui est arrivé d'y incarner ses propres fantasmes. C'est aussi une grande fan de Cyberpunk 2077, un autre jeu où on peut créer son personnage comme on veut : une femme avec un pénis de la taille qu'on veut, par exemple. C'est un jeu où on trouve des prostituées en hologrammes, des poupées programmées selon les fantasmes du joueur, « c'est un truc que je trouve assez jouissif ». « Finalement ce n'est pas si éloigné de mon expérience de camgirl. Le virtuel peut nous offrir une sexualité décomplexée, ajustée à nos fantasmes… »

Fortnite, Genshin Impact, Pokémon, Overwatch, Minecraft, Resident Evil, League of Legends, sont les jeux les plus recherchés sur Pornhub en 2024, par la génération Z (18-24 ans), d'après les statistiques publiées par la plateforme cette même année. Les Sims 4 n'arrivent qu'en 10e position du classement. Après la vidéo verticale, qui est ce que cette tranche d'âge recherche le plus, vient le hentai, le gaming, le cosplay, la réalité virtuelle, les dessins animés. J'en conclus que le porno animé a un succès fou, surtout auprès des jeunes.

Chapitre V

Dis-moi ce que tu regardes, je te dirai ce que tu vaux

Pourquoi tu en regardes ? était l'une de mes questions au moment des entretiens. Dans la foulée, on abordait toujours une autre thématique (soit spontanément, soit parce que j'avais demandé) : comment tu le vis ? La réponse est rarement sereine. La plupart m'ont expliqué que consommer du porno éveillait un sentiment négatif chez elles. De la gêne, de la honte, un profond questionnement… Et ce, qu'importe l'âge !

À chaque génération ses questions et ses tabous face au porno

Même quand on a plus de 60 ans, qu'on a eu des enfants, qu'on s'est émancipé de toutes les manières possibles et imaginables, le porno est un truc compliqué à assumer. Plus tôt, Catherine nous racontait comment les films adultes avaient été un piment de sa vie conjugale. Mais elle n'en a pas fait que cet usage-là, elle s'en sert aussi en solo, depuis quelque temps. Comme la sexagénaire vient d'une famille catholique, elle me laisse entendre que sa vie de femme libérée n'est pas toujours facile à conjuguer avec cet héritage.

« Mon premier émoi sexuel, c'était devant le film d'aventures *Angélique marquise des anges*, avec Robert Hossein et Michèle Mercier. Je devais avoir une dizaine d'années. Ensuite, il y a eu des livres trouvés dans la bibliothèque de mes parents, *Emmanuelle* et *Histoire d'O*, ou encore ceux du Marquis de Sade. Mes parents avaient aussi stocké des vieux magazines *Union*, que je regardais discrètement. Évidemment, ils n'en ont jamais rien su, on ne parlait pas de plaisir à la maison. Je me souviens de ce que me disait mon père à propos du sexe : "Tu vas pas te faire avoir avec un polichinelle dans le tiroir !" »

Quand Catherine se caresse, à l'adolescence et au tout début de sa vie de femme, elle « culpabilise vachement ». Ce qu'elle explique par le fait d'avoir eu « une éducation catholique, on allait à l'église. Je sens qu'elle continue de peser, encore aujourd'hui. J'ai beau regarder du porno, je ne suis pas du tout passée au stade des vibromasseurs, par exemple ». Quand je lui demande pourquoi, ce qui bloque avec cet objet, elle me répond : « Ce n'est pas dans mon éducation », ce qui me fait sourire, parce qu'elle vient de m'expliquer que ni la masturbation ni le porno ne faisaient partie de cette éducation. Or, elle s'y adonne.

« Avec la ménopause, j'ai beaucoup moins d'envies. Je me caresse un petit peu, peut-être une fois par mois ? J'ai retrouvé des articles d'*Union*, que je regarde de temps à autre. Il m'arrive d'aller sur Pornhub – c'est comme ça qu'on dit ? – mais c'est juste au début, pour être un peu excitée. J'y regarde des vidéos avec une femme et deux hommes, ou des vidéos d'hommes gays, je trouve ça excitant. En plus, ils sont super beaux. Mais je scrolle plutôt, je n'ouvre pas forcément les vidéos, je regarde surtout les gifs d'animation qui les résument. Je mets plus de temps à jouir avec un film qu'avec du texte. L'avantage de la lecture, c'est que mon imagination prend le relais, ça m'excite plus. Malgré mon âge, la culpabilité reste. Ce sont mes vieilles racines judéo-chrétiennes. Je me dis : finalement, c'est nul de faire ça… Alors que bon… bref, elles continuent à me faire chier, ces racines. »

Comme on se connaît bien, on échange quelques mots avec Catherine sur nos étés. C'est son premier à la retraite, elle est à la campagne. Elle a accepté de me répondre au téléphone alors qu'elle passe quelques jours chez ses parents en ce moment même. Je souris de l'imaginer dans sa chambre, me confier ses péchés mignons pornographiques et sa honte religieuse, avec ses parents qui font la sieste dans la pièce d'à côté.

Du haut de ses 80 ans, Gisèle, elle, n'a plus ses parents. Aussi libre soit-elle en matière de sexualité, elle me confie aussi trouver le sujet tabou dans son entourage. Il y a une vingtaine d'années, elle a fait une virée à la frontière allemande avec une amie, elles sont entrées dans un sex-shop et ont chacune acheté un vibromasseur. Sur le coup, l'aventure les fait sourire, mais pas de là à partager leur expérience avec l'objet. Elles n'en ont jamais reparlé. « Je m'en servais mais je l'ai jeté. Si jamais je viens à disparaître, mes enfants risqueraient de le trouver… et ça, c'est non », commente Gisèle, gênée. « J'ai pas l'occasion de parler de ça. C'est tabou, je le vois bien. Autour de moi, avec mes amies, on ne parle jamais de sexualité. Avec ma fille et mes petites-filles, ça m'arrive. Disons qu'elles sont au courant, j'ai eu beaucoup d'hommes dans ma vie. Mais je ne leur dis pas tout. Même à ma meilleure amie je ne me verrais pas lui dire que je regarde des vidéos porno. D'ailleurs, même la masturbation seule, je n'en ai jamais parlé à qui que ce soit, jamais. » Gisèle ne vit pas dans la culpabilité de regarder du porno, mais disons que ça reste du domaine de l'intime, et que personne n'a trop envie de l'entendre en parler. À part moi, bien sûr (et vous aussi, j'espère !).

Un espace de plaisir à soi, un moyen efficace de jouir, le porno est bien des choses, y compris un lieu d'illustration des fantasmes. Ces scénarios qui, sans qu'on sache forcément pourquoi, nous émoustillent. Le problème, comme le laissent entendre certaines de mes témoins, c'est que ces petites histoires ne sont pas toujours « vanille », pas toujours très douces, pas toujours très en accord avec qui l'on est. Ils ont tendance à jouer avec les limites de l'interdit, voire à sauter à pieds joints dedans. Et par la même occasion, ils nous mettent à rude épreuve. « Ce truc m'excite, qu'est-ce que ça dit de moi ? » On est bousculée par ce désir qui émerge d'une image de domination, envahie de questions. Certaines se disent même qu'elles sont déviantes, et qu'elles finiront par être démasquées.

Même si on lit de plus en plus de choses sur la sexualité des femmes. Qu'on lui accorde (enfin) d'exister en tant que telle, et plus comme une extension de celle des hommes, des carcans persistent, notamment au rayon des fantasmes. Certains sont acceptables, d'autres moins, dans l'imaginaire collectif. Tentons l'expérience : que vous évoquent ces deux scénarios ?

Option 1 : Michelle rentre chez elle le soir après quelques verres avec des copines. En bas de son immeuble, elle croise un voisin sur lequel elle fantasme depuis des mois, lui aussi un peu éméché. Ils partagent un ascenseur, qui se bloque, ils y voient une occasion de se rouler des pelles et de finir par avoir un rapport sexuel torride en attendant le dépanneur.

Option 2 : Michelle ressent une gêne dans le vagin et prend rendez-vous avec sa gynécologue. Elle arrive au cabinet mais c'est son remplaçant qui la reçoit. Il la regarde, l'ausculte avec ses doigts, et continue jusqu'à ce qu'elle finisse excitée. Avant qu'elle ait eu le temps de réagir, il la pénètre déjà.

À mon avis, le premier scénario vous dérange moins que le second. D'autant que ce dernier est l'illustration d'une violence sexuelle et gynécologique, que subissent les femmes dans la réalité. Mais je vous invite à taper « dirty doctor porno » dans votre barre de recherche Google et à constater par vous-même le flot de contenus qui jaillissent. C'est donc bien que ce fantasme existe. Or, je ne crois pas qu'il soit réservé aux détenteurs d'un pénis. Mais depuis #MeToo, a-t-on encore vraiment le droit d'être excitée par ça ? Ou même, de manière générale, par toute forme de domination masculine ?

Culpabilité, honte et solitude

« Ce que je consomme le plus, quand je commence à regarder du porno, ce sont des rapports de domination excessivement marqués. Le schéma c'est : moi homme fort, toi femme frêle, je ne te demande pas ton avis, tu es un terrain de jeu pour mon plaisir. Des situations dans lesquelles les femmes ne sont pas actives, les hommes font ce qu'ils veulent avec elles. Je regarde ces vidéos, j'ai mon orgasme, et ensuite je suis au 36e dessous de la honte », raconte Ambre. Pendant plusieurs années, elle en regarde sans oser le dire. C'est un secret qui ne se partage pas. « Je vis ce truc toute seule. J'ai beau me sentir comme une merde, j'y retourne. Et je me dis "tu dois avoir des soucis, ma pauvre fille". Pourquoi je ressens du plaisir en regardant ça alors que je ne suis pas d'accord avec ce qui se passe dans la vidéo ? Tu vois bien qu'elle n'est pas en train de vivre sa meilleure vie la nana, alors pourquoi t'y retournes ? À force, je suis persuadée d'avoir un problème. Je me dis : t'es sale, y'a un truc qui va pas avec toi, t'es déviante, tu te masturbes et à côté tu couches avec personne ! Du coup je n'en parle pas, j'ai honte, je ne veux pas que les gens se rendent compte que j'ai un souci, alors que pour l'instant, j'arrive encore à faire face en société. Mais je suis sûre qu'ils vont finir par le découvrir. Il y a un long moment de ma vie où un orgasme vaut cette dose de culpabilité. Ça me met dans une situation de tristesse, de mal-être, j'ai une chape de plomb sur les épaules », raconte Ambre, qui regrette que le tabou pèse aussi lourd. « C'est sale de regarder ça quand tu es une femme, l'idée est bien ancrée, il ne faut pas en parler. Je me dis que si la parole avait été plus libérée sur ces sujets-là, ça aurait été plus simple… »

C'est grâce à une blague qu'Ambre se libère de ce poids. Elle a 22 ou 23 ans, elle ne sait plus exactement.

Elle lance : « Toi aussi t'en regardes ? » à une amie, qui répond oui. « Oh putain, y a pas que moi ! Je me souviens des moindres détails de cette discussion. On aborde tout : masturbation, porno, rapport au sexe. On se raconte ce qu'on regarde, comment on cherche, ce qu'on trouve, ce qu'on ressent. Ça fait dix ans qu'on se connaît, on se dit tout. Elle me parle de trucs dont je n'ai encore jamais entendu parler, du hentai par exemple. On balaye tous nos tabous, elle me répond "ah mais moi aussi, t'inquiète". Je dis que j'aime quand c'est un peu violent, qu'il y a un rapport de force, que je pense avoir un problème, je parle de mon ambivalence. C'est un truc qu'elle ressent aussi. Tout à coup, je trouve un référentiel. Plus tard, ce qui a changé les choses dans mon mal-être vis-à-vis de ma sexualité, c'est de m'entourer d'une bande de femmes amies, ce que je n'avais pas trop jusque-là. On a pu échanger sur ces sujets, et j'ai commencé à me dire que ce que je vivais était partagé, que c'était OK, que je n'avais pas de problème, et que je n'étais pas seule. »

Incohérence, quand tu me tiens !

« Il y a dix ans, mon mot clef favori sur les sites, c'était *rape* (viol), ou « brutal ». Je ne cherchais pas un contenu qui soit trop réaliste. Je voulais que ce soit scénarisé. J'étais dans ce mode de plaisir immédiat, je cherchais ce qui allait me soulager. Je disais toujours : le viol consentant, c'est OK. Je l'assumais, j'osais dire que c'était ça qui m'excitait. Mais ça n'existe pas en fait, le viol consentant… » Sina fait partie de ces femmes « éduquées au porno ». C'est celle qui expliquait plus tôt avoir voulu être une pornstar. À un moment donné de sa vie, elle a fait partie de mes témoins qui assumaient le mieux leurs penchants en matière de porno. Elle n'utilise pas de métaphore, elle nomme franchement les choses. Mais elle me raconte aussi avoir été tiraillée par des questions qui ont commencé à s'infiltrer sournoisement, avant de devenir insupportables.

« Est-ce que suis bizarre ? Est-ce que ça veut dire que dans ma vie je veux vraiment que ça se passe ? J'ai pris du plaisir à regarder une vidéo "Beau-père et sa belle-fille", qu'est-ce que ça dit de moi ? Avec mes copines on en parlait et on se demandait : Est-ce qu'on est normales ? L'avantage, c'est qu'on se comprenait complètement, on avait les mêmes questionnements. On regardait les mêmes choses que l'on considérait "hors norme". Et en même temps, qu'est-ce que la norme ? Mais on se le racontait et on se rassurait en se disant que c'était de l'ordre du fantasme. Pas du réel. Je ne faisais de mal à personne. C'était moi d'abord. J'avais passé un accord avec moi-même, il n'y avait pas de passage à l'acte. Et tant que ça ne se produisait pas dans la vraie vie, c'était comme si ça n'existait pas. Et en fait je crois qu'à aucun moment je ne me suis dit que je voudrais me faire violer ou expérimenter une double pénétration parce que je le fantasmais… »

« Pourquoi j'ai des fantasmes de domination ? » est d'ailleurs l'une des questions qui reviennent le plus souvent dans les séances de Lucie Groussin, sexologue féministe et thérapeute. Elle reçoit des personnes seules, des couples, et discute de leur rapport à la sexualité. Et pour les femmes, fantasmer d'être dominée, c'est très compliqué. Vous vous doutez bien que, là-dessus, le porno ne vient rien arranger. Lucie Groussin en plaisante : « Comme si avant le porno tout allait bien ! On n'a pas attendu cette époque pour fantasmer la domination, ça ne date pas du XXIe siècle ! C'est inhérent aux rapports humains », rappelle-t-elle. Si regarder du porno ne fait pas partie de ses recommandations auprès de ses patientes, elle les incite quand même à se lâcher la grappe sur l'auto-jugement permanent : « Le message que je fais passer à mes patients c'est : n'essayez pas de contrôler vos fantasmes, ce n'est pas grave de penser à quelqu'un d'autre quand vous faites l'amour, laissez vos imaginaires érotiques libres, c'est très important. Ce qui nous excite, c'est l'interdit, et à trop le brider, on risque de perdre cette excitation. » En l'entendant me dire ça, j'ai envie d'en savoir plus. Mais d'ailleurs, ces fantasmes qui nous questionnent tant sont-ils vraiment les nôtres ?

Chapitre VI

Nos fantasmes sont-ils vraiment les nôtres ?

Devant la home page de Youporn, consultée aux heures les plus noires de la nuit dans l'intimité de son lit, Olga cherche un certain type de vidéos. C'est elle qui nous racontait plus tôt avoir vécu ses premiers instants masturbatoires dans le minibus de la bibliothèque de l'école avec sa copine Esther. Elle aussi qui regardait en boucle la cassette de pornos de Canal+ dérobée dans la table de nuit de son père. À désormais 35 ans, elle fait un tri drastique dans les images explicites qui lui sont proposées. Elle fuit comme la peste tout ce qui évoque la violence, privilégie des scènes qui lui rappellent ce qu'elle vit dans son propre lit. Dans sa recette idéale, il faut qu'il y ait de la tendresse, de la délicatesse, de l'excitation féminine. Mais parfois, Youporn n'en fait guère qu'à sa tête et lui suggère un gang bang, une scène de soumission… Alors « je fuis physiquement, je ferme les yeux, c'est automatique. C'est de la peur qui s'éveille en moi. Il y a sûrement une part de crainte que ça puisse m'exciter. Si c'était le cas, je me mettrais à intellectualiser en me disant : tu vois, tu es quand même conditionnée pour être soumise à l'homme, pourquoi ça t'excite qu'il l'empêche de bouger ? Comme si la société avait pris possession de mes fantasmes. Ça me dérange. J'oscille entre l'idée que certaines choses puissent être mes fantasmes, que je m'en arrange… Et cette idée que je n'ai pas le contrôle de mon désir, qu'il est conditionné ».

Cette remarque revient souvent dans les témoignages, et même de manière plus large, dans les discussions des femmes à propos de la sexualité. Mes fantasmes sont-ils MES fantasmes ? Ou suis-je simplement victime du patriarcat et de la domination masculine, au point de finir excitée par la soumission ?

Des chiens, des singes, des ânes… des fantasmes « hardcore » qui précèdent les tubes

Figurez-vous qu'il fut un temps – franchement pas si lointain – où l'on n'envisageait même pas que les femmes puissent avoir des fantasmes. En 1973, un livre paraît à ce propos, *My Secret Garden*, écrit par la féministe et essayiste américaine Nancy Friday. C'est un recueil de témoignages de femmes à propos de ce qui les excite. Elles ouvrent les portes de leur « jardin secret » avec une franchise étonnante et racontent parfois au passage se sentir seules au monde avec ces pensées érotiques, perçues comme anormales.

Écrire sur la libération sexuelle des femmes attire à Nancy Friday les foudres des féministes, on lui reproche même de ne pas en être une, de féministe. À sa sortie, le magazine *Cosmopolitan* publie un article dans lequel un psychologue de renom (auteur de plusieurs essais), le Dr Allan Fromme commente : « Les femmes n'ont pas de fantasmes sexuels… La raison en est évidente : elles n'ont pas été éduquées à tirer plaisir de la sexualité… Les femmes sont en général dénuées d'imaginaire érotique. » Avec nos yeux contemporains et à ce stade de la lecture du livre, j'imagine que cette observation vous agace ou vous fait ricaner. Mais à l'époque, on prend ce bonhomme très au sérieux.

Avant de publier ce livre, Nancy Friday a longtemps cherché à se documenter sur la question de la sexualité féminine. On est dans les années 1960, elle écume les plus grandes bibliothèques, celle de New York, de Yale, du British Museum, « qui contiennent des millions et des millions de livres », racontera-t-elle ensuite. Ce qu'elle y trouve ? Rien. « Pas un mot sur les fantasmes érotiques de la moitié du monde ! » C'est comme ça qu'elle se décide à aller directement à la source : auprès des femmes, pour recueillir leurs histoires, en direct.

Au départ, ces dernières s'en étonnent : « Un fantasme sexuel, qu'est-ce que c'est ? » ou encore : « Moi j'aime mon mari ! » Alors l'autrice se met à se confier sur ses propres fantasmes et, à force de les mettre à l'aise, obtient leurs confidences.

« Aucun homme, et certainement pas le Dr Fromme, n'aurait pu persuader ces femmes de lever le voile sur leur préconscient et révéler l'imaginaire dont elles avaient si souvent tiré plaisir, mais qu'elles avaient toujours refusé d'admettre. Seules les femmes peuvent se libérer entre elles, seule une voix de femme peut les autoriser à s'assumer dans leur sexualité, à accepter librement d'être ce qu'elles veulent être, quand elles se sentent approuvées par une autre d'entre nous », confie-t-elle plus tard, dans un autre de ses livres, paru en France en 1993 sous le titre *L'Empire des femmes*.

My Secret Garden a un effet coup de poing, il est cru, honnête, explicite. Au début du livre, une femme baptisée Madge raconte son fantasme : elle arrive devant une maison où un homme noir et sa femme l'accueillent et l'emmènent de force dans une petite pièce où ils la forcent à avoir des relations sexuelles avec un chien, en l'attachant. Une autre raconte que son nouvel époux ne lui fait pas l'amour et qu'elle fantasme sur son beau-fils, elle l'écoute se masturber dans sa chambre et s'imagine avoir un rapport sexuel avec lui. Ce scénario-là, vous le connaissez déjà, on en parle depuis le début de ce livre. C'est le fameux *Step mother and step son* qui fait partie des vidéos les plus difficiles à éviter sur les tubes, tant elles sont nombreuses à être intitulées de la sorte.

Et c'est précisément ce parallèle qui m'intéresse ici. Ce que racontent ces femmes nous montre que ce type de fantasme précède de loin l'arrivée du porno mainstream, et plus généralement des tubes (vers 2006-2007). Ils étaient déjà contés trente ans plus tôt, dans *My Secret Garden*. Je ne sais pas ce que vous en pensez, mais moi, j'en déduis que les violences sexuelles et le patriarcat ont colonisé nos désirs bien avant que Youporn ne prenne le contrôle de nos petites sessions de masturbation. Autre point de comparaison, la culpabilité, intemporelle : « Dieu merci, je peux parler de ces pensées à quelqu'un ; jusqu'à présent, je ne m'étais jamais confiée à qui que ce soit de vivant. J'ai toujours eu honte de ces pensées, en me disant qu'on les jugerait anormales et qu'on me considérerait comme une nymphomane ou une perverse », confie une des témoins de Nancy Friday. De 1960 à aujourd'hui, les femmes vivent leurs désirs dans la même mécanique coupable.

Dans *Réinventer l'amour*, Mona Chollet ajoute : « *My Secret Garden* permet de vérifier que, quand elles se livrent dans un total anonymat sur les scénarios qui les amènent le plus efficacement à l'orgasme – que ce soit seules ou avec un partenaire – on est loin des représentations lénifiantes d'une sexualité romantique et sentimentale : il y a des doubles et des triples pénétrations, il y a des chiens, il y a des ânes… Cela amène à présumer que, le reste du temps, les fantasmes féminins ne sont pas seulement victimes de la censure masculine, mais aussi de l'autocensure des femmes elles-mêmes, par souci d'autopréservation : quand on est confrontée toute sa vie au risque de violence sexuelle, on n'a pas envie de donner la moindre prise au discours selon lequel “elles aiment ça” – comme si le plan fantasmatique pouvait se confondre avec celui de la réalité, ou comme si des fantasmes trash signifiaient qu'on était à la disposition du premier salopard venu. » « Gamine, sans aucune notion de ce que les adultes pouvaient faire entre eux au juste, j'étais une petite usine à fantasmes, et ces fantasmes impliquaient déjà une supériorité très claire des garçons, avec un aspect vaguement masochiste », raconte-t-elle aussi. Mais d'où viennent ces fantasmes, si les tubes ne sont pas (les seuls) à blâmer ?

De la littérature du XVIIIe siècle à Pornhub

Si vous regardez du porno, vous avez sûrement en tête la typologie de scénarios qui reviennent tout le temps : réparations de tuyauterie avec un plombier qui dérapent, visite chez le gynécologue qui finit en partie de jambes en l'air… Plus simple, et récurrent : Michelle, qui ne veut pas avoir de relations sexuelles aujourd'hui, le signifie à Bernard, qui finit par la « convaincre », soit par la négociation, soit par la force. Michelle se laisse faire, et ne le regrette pas (!) car elle finit par prendre son pied. Peu réaliste, me direz-vous. Mais d'où vient ce récit de coercition ? Est-ce une pure création de la pornographie contemporaine ? Pourquoi nous excite-t-il – alors même que l'on ne manque jamais de préciser en préambule : « Jamais de la vie je ne voudrais vivre ça (un viol, donc) pour de vrai. »

En écoutant Oriane Guiziou-Lamour me parler de ses recherches, je découvre que ce dernier scénario n'est pas né avec les films porno, ni même avec notre époque. Il remonte à la génération des mères et des grands-mères de nos grands-mères. Loin, quoi. C'est un récit sexuel qu'on retrouvait déjà dans la littérature du XVIIIe siècle, d'après la chercheuse, qui s'intéresse aux rapports entre violence, genres et sexualité au siècle des Lumières. Si vous vous demandez quel peut bien être le rapport avec le porno… Minute, j'y viens.

De cette époque, rappelez-vous, on connaît *Histoire de Juliette ou les prospérités du vice*, *Justine ou les malheurs de la vertu*… des romans libertins érigés en classiques, où l'on entend la voix de femmes… mais dont l'auteur est un homme : le Marquis de Sade. Au cours de ce siècle, le corps féminin est omniprésent au fil des textes d'hommes. Et ce n'est même pas le cœur du problème. Le plus dramatique, c'est que ces derniers écrivent sous le point de vue féminin et érotisent au passage les violences sexuelles vécues par celles-ci. « Ces discours passent dans l'imaginaire collectif comme la parole réelle de femmes », souligne la chercheuse. Autrement dit, un jour, des hommes ont usurpé l'identité de femmes, qui sont devenues leurs personnages, et en ont profité pour faire passer un message scandaleux : être violée, tu vas voir c'est super excitant. Et tout le monde y a cru, au point qu'aujourd'hui encore le scénario fait cliquer sur les tubes. Oriane Guiziou-Lamour me souligne au passage que ceux qui réalisent les films mettant en scène des agressions sont toujours principalement des hommes. L'histoire est sans fin.

À la toute fin du siècle et dans les premières années du XIXe, le corps féminin fait aussi partie des écrits érotiques signés de femmes, Suzanne Giroust de Morency, Félicité de Choiseul-Meuse, Élisabeth Guénard de Méré, par exemple. C'est là-dessus que se focalise la chercheuse. Elle a classé leurs récits dans un genre baptisé d'après l'expression d'une autre chercheuse, Huguette Krief, « érotico-sentimental ». Leurs mots sont moins crus que ceux de Sade, leurs propos sur la sexualité plus contrastés – l'homme n'est pas seul à avoir la parole, la femme (la vraie cette fois) l'a aussi. Mais on y trouve des points communs : la mécanique décrite plus haut – la femme qui dit non, l'homme qui la convainc, cette dernière qui prend du plaisir – notamment. Ce qui s'explique par les mœurs d'alors : « À cette époque, une femme qui écrit et parle de sexualité pose problème », rappelle la chercheuse. Cassés par la critique, ces romans ont disparu des bibliothèques collectives. Que racontaient-ils ? Comment les femmes représentaient leur sexualité ? Quelles étaient les variations de récits face aux auteurs masculins ?

« Au XVIIIe siècle, une femme qui désire est une prostituée, une libertine, et elle est, de fait, mal vue », explique la chercheuse. Ce n'est donc pas un angle de vue adopté par les écrivaines. Pour parler de sexe tout en restant vertueuses, elles doivent opter pour une autre approche. Or à cette époque, la vertu dans un tel contexte a une définition particulière : grosso modo, c'est avoir des rapports sexuels qui ne soient pas initiés ni voulus par la femme. C'est prendre du plaisir sans être responsable de son désir. Voilà où son chemin de chercheuse croise les scénarios répétitifs de Pornhub, le sexe n'est conté par les femmes qu'à travers la coercition. « Sans jeu de résistance, il ne peut pas y avoir d'expression et d'exploration du désir chez les femmes. Cela faisait partie des conventions amoureuses, au moins en littérature. Pour autant, il n'y avait pas de volonté de raconter que les femmes aimaient être contraintes, mais c'était alors le seul moyen de parler de sexualité. Le sous-entendu était : puisque je subis ça, je peux peut-être essayer d'y trouver un peu de plaisir. » Autrement dit, au XVIIIe siècle déjà, et même chez des femmes autrices, la violence était érotique. Depuis toujours (à peu de chose près), les femmes ne peuvent penser leur désir en dehors de ce système de domination.

Être excitées par ces histoires-là fait-il de nous des proies du patriarcat ? Sommes-nous maîtresses de nos désirs, ou victimes d'un scénario décidé pour nous au rayon des fantasmes ? À l'image d'Olga, certaines de mes témoins se posent ces questions, et ont l'impression de contribuer à un système qui les dégoûte en cliquant sur play. Mais est-il envisageable que cette façon de raconter la sexualité et le désir ait été transmise de femmes à femmes au fil des générations, même de manière inconsciente ? Expliquant qu'aujourd'hui encore, ce scénario ait une place de choix dans nos autofictions érotiques…

Le rôle de la culture populaire dans la naissance de nos fantasmes

Si l'on en croit Oriane Guiziou-Lamour, ou encore Nancy Friday, à deux époques distinctes, la domination masculine nous est offerte en héritage, bien avant les premiers rapports hommes-femmes et, évidemment, bien avant le premier porno. C'est un constat qu'appuie aussi la chercheuse Ludivine Demol Defe. Dès les premiers dessins animés, la domination masculine nous est servie sur un plateau sans même qu'on l'analyse comme telle, rappelle-t-elle. « On parle des ravages que fait le porno, mais le ravage est surtout celui d'un discours qui promeut la domination masculine. Il n'y a qu'à voir dans *Star Wars* : Han Solo s'approche de Leia pour l'embrasser, elle recule, il insiste et la finalité, c'est qu'ils finissent par s'embrasser fougueusement… », ironise-t-elle. Dès nos premiers contes de fées, on entend que le désir masculin est maître du jeu. Pensez à Blanche Neige, que les sept nains (des personnages masculins) offrent à un parfait inconnu alors qu'elle est endormie dans son cercueil de verre, au motif qu'il ne peut pas vivre sans admirer sa beauté. Réveillée après avoir recraché son morceau de pomme empoisonné, il lui déclare son amour et lui demande de l'épouser. Sans le connaître, elle s'éprend de lui et le suit. Je ne sais pas vous, mais moi, à sa place, je n'y serais pas allée. On m'a suffisamment répété de ne pas suivre les inconnus. Ces deux histoires sont, à deux époques de ma vie, fondatrices. Et m'ont transmis, avant mon premier petit copain, avant mon premier bisou, avant mon premier fantasme, que le désir des hommes est tout-puissant, et qu'en y cédant je trouverais du plaisir.

L'Auberge espagnole fait aussi partie de ma bibliothèque de films cultes. J'ai le souvenir d'un film qui raconte une réalité proche de ce que j'ai vécu étudiante, d'un récit de ma génération (même si je suis un peu plus jeune) et qui donc pense comme moi, y compris en matière de sexe. Mais récemment, j'ai lu un livre (très intéressant) qui m'a fait revoir ma position : *Une sexualité à soi*, de la gynécologue Laura Berlingo. Elle y relate une scène de ce film que j'avais complètement passée à la trappe. Un moment où Isabelle, interprétée par Cécile de France, explique à Xavier, joué par Romain Duris, comment s'y prendre avec les femmes : « Vous les mecs, vous comprenez rien aux femmes (…) les femmes ont une psychologie différente de la vôtre. (…) Tu la maintiens bien fort contre toi, tu l'empêches de bouger, faut qu'elle sente que tu la tiens fermement. Contrairement à toutes les conneries qu'elles pourront dire là-dessus, la plupart des femmes ont envie de cette fermeté-là, d'être prisonnières. » Avec nos lunettes post #MeToo, sympa comme discours, hein ?

Quand ce film est sorti, j'avais 9 ans. Je dirais que j'en avais maximum 14 quand je l'ai vu pour la première fois. J'étais au tout début de ma vie sexuelle, et cette scène ne m'a pas choquée une seconde. Je pense même qu'en la regardant, j'étais plutôt d'accord avec Isabelle. Ce qu'elle raconte, je l'avais déjà bien intégré. Et des films – même cool, même cultes – ont contribué (et continuent de contribuer) à nous mettre en tête que le rapport de force est érotique.

Donc si je résume, derrière ce fantasme de domination qui nous dérange, la liste de coupables est bien fournie : l'histoire, la littérature, le cinéma, la culture populaire, mais aussi l'actualité. PPDA, Jacques Doillon, Benoît Jacquot, Depardieu, Weinstein, même l'abbé Pierre… Je continue ? « La liste est longue comme mon bras, commente Ludivine Demol Defe. Certes, le porno est dominateur, misogyne…, mais on a tendance à oublier tous les autres trucs qui le sont aussi ! » Non pas que ces exemples puissent donner envie de quoi que ce soit, mais qu'on le veuille ou non, on baigne dans un univers où les hommes ont toujours dominé les femmes, et où ils s'en sont toujours royalement sortis sans être embêtés (c'est à peine moins le cas aujourd'hui). Comment est-ce que ça pourrait ne pas teinter nos représentations et nos fantasmes ? Le porno arrive en bout de chaîne et confirme, avec ses vidéos toutes plus patriarcales les unes que les autres, que la domination masculine est excitante.

Femmes et fantasmes : « Nous sommes des plantes grimpantes »

Dans *Les Chemins de désir* (podcast Arte Radio et livre du même nom), la journaliste Claire Richard dresse un portrait d'une honnêteté fantastique de ses fantasmes et de son rapport au porno. Au fil du témoignage, l'un comme l'autre ne font que croître, allant vers des scénarios de plus en plus intenses et étonnants. Elle raconte par exemple être très excitée par du hentai – des mangas japonais pornographiques –, elle dépeint une scène où une jeune fille voit sa poupée se déployer dans la nuit pour la baiser brutalement, une autre d'ogre féroce au sexe disproportionné qui s'empare de jeunes femmes sans leur demander leur avis. « Moi aussi il y a des moments où je me demande si c'est pas une étrangère qui va cliquer sur ces vidéos-là – une femme lionne se fait prendre par des hommes taureaux dans une arène – … la scission entre ma vie pornographique et ma vie réelle atteint des sommets », raconte-t-elle dans l'épisode 5, intitulé *Le hentai et les sorties de piste*. Dans ce podcast et dans le livre qu'elle en a tiré, Claire Richard observe ses fantasmes sans jugement, chose rare pour une spectatrice de porno. Quand nous échangeons après que j'ai littéralement dévoré son bouquin, elle répond à ces questions qui agitent la plupart des témoins de ce livre : mes fantasmes m'appartiennent-ils vraiment ? D'où me viennent-ils ? Pour expliquer sa vision de la chose, elle fait une analogie que je trouve très jolie. Dans sa tête à elle, nous les femmes, sommes « des plantes grimpantes ».

« Comme elles poussent d'abord sur les treilles où on les plante, nous on grandit en s'enroulant d'abord autour des structures dont on hérite : l'organisation sociale, les dominations, dont le patriarcat. On les a reçus par tout un tas de supports, et je pense qu'on s'édifie autour de ces traits, qu'on le veuille ou non. » Mais on ne s'arrête pas là, on développe des ramifications, des « tiges exploratrices, des lianes qui partent dans d'autres directions. Ainsi, nos fantasmes peuvent nous emmener ailleurs. Notre espace fantasmatique est hybride, mais on peut se déplacer dedans. Je ne suis pas certaine qu'on puisse entièrement, au stade de la libération des femmes où nous en sommes, le purger totalement du patriarcat. Nous sommes des produits de notre époque. Ce qui ne nous empêche pas d'hybrider, de partir ailleurs. Je vois l'espace des fantasmes comme un espace d'exploration, mais aussi de transgression. Dans mes fantasmes, il y a aussi des éléments transgressifs vis-à-vis de mes normes féministes. Avant je le jugeais, aujourd'hui je suis tout à fait en paix avec ça. Par ailleurs, je ne pense pas que le désir de soumission soit entièrement lié au patriarcat : dans la soumission il y a le lâcher-prise, une puissance qui ne se résume pas à des schémas appris. Et je crois que cette sexualité qui comporte des contradictions et des ambivalences me semble plus réelle qu'une sexualité que je me forcerais à rendre complètement raccord avec mon être politique ».

À propos de lâcher-prise, Marie, ma témoin de 45 ans, qui se forme à la psychanalyse, a des choses à dire. C'est elle qui se masturbait en dormant dans la même chambre que sa sœur, et qui a découvert son premier porno sur Minitel. Son témoignage m'intéresse au moins autant que son analyse. « La sexualité n'est pas faite pour être rationnelle ou politiquement correcte. Tu peux être excitée de manière inconsciente par ça sans pour autant le vouloir. Par ailleurs, dans le masochisme il y a quelque chose de très rassurant. C'est un fantasme qui s'explique par le fait d'être choisi par quelqu'un d'autre. Quelqu'un qui te punit, c'est quelqu'un qui est très présent, qui s'occupe de toi. Quand j'étais adolescente, je me masturbais sur des scénarios hyperélaborés, que je me racontais dans ma tête. Ça tournait autour de punitions, plus précisément d'un père qui me punissait. J'étais toujours un garçon dans mes fantasmes. Je pense que cela traduisait cette volonté d'être surveillée. » Elle m'explique que ce fantasme est très répandu, comme celui du viol d'ailleurs, que la plupart des humains ont : « Il y a quelque chose de l'ordre de l'abandon absolu. En psychanalyse, on compare ça à un retour à l'état de nourrisson, complètement soumis au bon vouloir de quelqu'un qui, là encore, t'a choisi. »

Être une femme libérée et aimer être dominée, c'est quoi ce bordel ?

Dans une même pratique, certain·e·s voient de la soumission, d'autres du pouvoir. Prenez la fellation par exemple : elle est souvent décrite comme le long préliminaire pénible qu'on voit sy-sté-ma-ti-que-ment dans le porno. C'est aussi associé, dans l'imaginaire commun, à une position de soumission de la femme, dans le cadre hétéro. Mais d'autres y voient du pouvoir (dans le sexe de la vraie vie, en tout cas).

C'est le cas d'Inès, qui se sent même dominante dans ce moment de sexe oral. C'est elle qui mène la danse, qui décide du plaisir que le mec en face d'elle prend, qui peut l'arrêter aussi à tout moment : « C'est grâce à moi que le mec jouit. Si ça se passe mal, c'est lui qui a quelque chose à craindre, je le mords et c'est terminé. Je trouve ça nul cette idée que le mec soumet la meuf dans ce moment-là. Quand un mec te regarde et qu'il bande pour toi, est-ce qu'il y a vraiment de la soumission ? » Elle préfère y voir de la puissance. Dans le cadre d'une sexualité consentante, bien sûr.

Alors que je suis à Barcelone pour le travail, je rencontre une sexologue américaine, installée ici. Elle s'appelle Amber Mallery, nos chemins se croisent à l'exposition *House of Erika Lust*, dont je vous parlerai plus tard, pour une visite réservée aux professionnels. Elle m'entend discuter avec une attachée de presse et se glisse dans la conversation. Peu banal comme entrée en matière, on commence par parler de domination. Autour de son cou flotte un long bijou en argent, un minifouet BDSM.

« Je suis une femme dominante. Je suis une femme forte dans ma vie quotidienne. Mais au lit, j'aime vraiment être soumise, j'aime recevoir des gestes que certains considèrent violents, douloureux. J'ai commencé à regarder du porno mainstream vers 19 ou 20 ans. Quand j'ai découvert la version éthique, j'ai trouvé ça artistique et je me suis dit : non ce n'est pas pour moi. Et puis j'ai fouillé et je suis tombée sur d'autres contenus devant lesquels je me suis dit : mais waouh ! J'adore ! Pour autant, je ne regarde pas que ça. Il m'arrive encore de regarder du mainstream. Notamment parce que c'est un porno qui reflète cette domination, parfois même plus rude que ce que je vivrais. Un porno qui me permet de nourrir le fantasme. Si j'ai quinze minutes devant moi et que je veux un orgasme rapide, c'est ce que je choisis. »

Même si ça tend à être moins vrai et qu'on aborde de plus en plus le sexe sous l'angle du partage, ce domaine est encore, dans l'imaginaire collectif, pensé dans un système d'opposition, et lesté de jugements. Il y a un dominant et un dominé. L'un fait plaisir à l'autre, sans que ça serve son propre désir. De son point de vue d'actrice et de réalisatrice, Émilie Delaunay, aussi connue sous le nom de Liza Del Sierra, s'agace du paradoxe autour de la sexualité des femmes. On les encourage à être libérées, à demander l'égalité des salaires, à élever seules leurs enfants… Mais « on ne peut pas aimer se faire étrangler, on n'a pas le droit d'aimer les fessées… Et par extension, on ne peut pas regarder d'autres femmes coucher devant une caméra. Mais en fait, c'est moi qui ai décidé d'user de mon corps pour me faire plaisir, ça m'a permis d'accéder à une indépendance financière, qui m'a offert un accès aux études, à la culture… Les femmes qui ont envie d'en profiter et en plus de l'afficher, qu'elles soient modèles nus, mannequins, actrices… Je trouve qu'on les exclut du féminisme, on imagine qu'elles se soumettent au patriarcat, on ne se dit pas une seconde que c'est leur choix. On peut utiliser son corps librement pour se faire avorter, mais pas pour se masturber devant du porno. Comment on se retrouve face à ce discours ? Il crée une dissonance. Donc les meufs qui aiment ça dans les films pornographiques ou ailleurs, elles se disent "je vais fermer ma gueule". On leur dit que consommer ça pousse les hommes à ne pas respecter les femmes ».

Le porno, une « chambre privée » dont on ne devrait pas rougir

On le voit au fil de ces témoignages, être amatrice de films X, même en 2025, est compliqué à assumer. D'abord, parce qu'on a peur que cette consommation révèle quelque chose d'enfoui en nous. Ensuite, parce que la société voit ça d'un mauvais œil. Cette observation, la recherche l'a faite aussi. En l'occurrence, aux États-Unis, où les études sur la consommation de porno sont plus étoffées que chez nous. Dans le volume 8 de la revue *Porn Studies*, en 2021, des chercheurs ont fait ce qu'on appelle une « revue systématique » de recherches universitaires sur la relation entre consommation de pornographie et plaisir sexuel, menées entre 2000 et 2017. C'est-à-dire qu'ils ont passé au peigne fin tout ce qui avait été écrit sur la question. Ils ont finalement gardé 68 articles parus dans *Archives of Sexual Behavior*,

Journal of Sex Research, *Sex Roles*, *Sexologies*, *Porn Studies* et la revue *Sexualities*. Il en est ressorti que les femmes et les hommes avaient une position bien différente en matière de porno et de masturbation : ces dernières reçoivent plus de « messages négatifs » sur ces pratiques que leurs homologues masculins. Socialement, ce n'est pas acceptable pour elles d'en regarder, ni de se caresser. À l'inverse, les chercheurs concluent que, pour les hommes, se masturber et regarder du porno sont « attendus » et, de fait, acceptables. « Les articles signalent également que si les consommateurs prennent du plaisir à consommer de la pornographie, cette perception peut être conflictuelle, en particulier chez les femmes. Plusieurs articles, issus des sciences sociales et humaines, soulignent une tension entre le plaisir sexuel que les femmes tirent de la pornographie et les discours culturels plus larges », notent-ils.

Qu'il s'agisse de connexion aux sites X ou de fantasmes, le psychanalyste Eric Bidaud prône la tolérance. Pour lui, céder au fantasme en le regardant est même plutôt positif.

« Sans volonté de faire de la pub pour la pornographie », souligne-t-il quand même en préambule. « Je pense qu'elle peut avoir un rôle structurant, elle peut accompagner une sexualité tout à fait normalement. » Quand on va voir un film d'horreur et qu'on y prend du plaisir, on n'en devient pas un psychopathe pour autant.

Cette image vous parle ? C'est la métaphore qu'il utilise pour m'expliquer la mécanique du film porno et comment sortir de la culpabilité qu'il traîne dans son sillage. « Le film porno est censé produire une excitation, mais c'est aussi le cas du cinéma le plus classique. Le but du porno est de toucher la fantasmatique de chacun : c'est-à-dire "qu'est-ce qui m'excite, non pas à faire mais à regarder ?". En d'autres mots : je peux regarder une scène avec de la violence sans jamais être violent dans ma vie réelle ni dans ma sexualité. Simplement, le visualiser va me procurer une excitation particulière. Le porno est une activité de pensée, qui permet de découvrir ses propres obscurités, ses coins d'ombre. Si on veut en regarder, et seulement si ça nous fait envie, alors il peut constituer un savoir sur soi. Il permet de regarder nos fantasmes en face. Ce qui peut être choquant, ou satisfaisant d'ailleurs. Mais une fois que l'ordinateur est fermé, c'est fini, on est tranquille. Il y a une forme de chambre privée dans le porno. On y entre, on en sort, mais on est à l'abri, il n'y a pas de danger. » Il ajoute un bémol : « Le problème réside dans les fixations, quand la relation au porno devient exclusive, addictive, quotidienne, qu'on ne peut pas s'en empêcher. Sinon, le porno en soi est une consommation d'objet culturel, qui accompagne une vie psychique et sexuelle. »

Justement, dans une autre étude parue dans *Sex & Marital Therapy*, toujours aux États-Unis, des chercheurs abordent ce sujet. Cette enquête a été menée de manière qualitative, donc avec moins de monde que celle que je vous ai citée plus haut, mais avec de plus longs entretiens. Sur les 30 personnes interrogées, la plupart des femmes utilisent la pornographie de manière récréative, « ce qui suggère que l'utilisation de la pornographie pourrait faire partie d'une vie sexuelle ouverte et active pour elles plutôt que d'être une source de stress et de compulsion. Au contraire, les hommes étaient plus susceptibles d'appartenir au profil compulsif ».

Le psychanalyste Eric Bidaud rebondit à ce propos, au fil de notre entretien : « Regarder du porno est une pratique qui concerne de plus en plus les femmes, même si les hommes restent majoritaires. Je crois qu'il y a des raisons politiques et sociologiques à cela. On a considéré que le porno n'était pas un spectacle pour les femmes, qu'il était normal pour les hommes et anormal pour elles. Une évolution est nécessaire de ce point de vue. Mais pendant longtemps la psychanalyse a considéré que la masturbation était strictement masculine – Freud le premier – que les femmes s'y adonnaient de manière très marginale. Ce qui est faux, on le sait aujourd'hui. Par ailleurs, le porno fait partie d'une construction qui concerne les deux sexes, qui ne représente pas de pathologie quelconque. »

Concernant la « déviance » dont certaines de mes témoins m'ont confié s'inquiéter, Eric Bidaud ajoute : « Il est difficile de savoir si la consommation croissante conduit à des déviations de la sexualité… Mais a priori, non. Les gens qui en regardent n'ont pas spécialement de sexualité déviante. Le porno est un spectacle pour gens normaux, et d'ailleurs je ne pense pas que les gens déviants en regardent particulièrement. »

D'expérience, les hommes parlent davantage de leur consommation de porno que les femmes, selon Eric Bidaud. Pas dans les mêmes termes : pour eux, c'est « une forme de détente, un loisir ». Pour elles, si l'utilisation est parfois similaire – pour les aider à faire redescendre la pression par exemple –, le discours est tout autre, « elles en parlent peu, ça reste refoulé », légende le psychanalyste. Sans vraiment de surprise dans la mesure où le porno s'inscrit dans le prolongement de la masturbation. Comment les femmes pourraient-elles bien vivre le fait de se toucher devant un film explicite, si depuis leurs premiers émois sexuels on leur dit que ce qu'elles font est mal, voire sale ?

« Le plaisir que les femmes prennent à regarder du porno pose des dilemmes idéologiques et esthétiques… leurs plaisirs sont difficiles à concilier avec leurs réserves », note la première étude citée dans ce chapitre. Regarder du porno est bien loin du long fleuve tranquille quand on est une femme. Et quand on a fini (si toutefois on y arrive un jour) de s'interroger sur soi, sur ses fantasmes, sur ce qui nous titille intimement, il reste d'autres questions. Qui reposent cette fois-ci sur les dessous de l'industrie du X et les problèmes éthiques qu'elle soulève.

Chapitre VII

Le porno et moi, c'est fini

À un moment donné, elles ont dit stop. Le porno était devenu trop angoissant, trop douloureux, trop irréel, trop violent… L'idée de ce livre, c'était de raconter les chemins pornographiques des femmes. Rares sont celles qui ont commencé à en regarder dans l'insouciance, ce qui ne les a pas empêchées de continuer, malgré leurs questionnements. Elles continuaient. Mais le long de ce chemin, on l'a vu, il y a des obstacles, des ruptures, voire des demi-tours. Ici, elles nous racontent ce moment de bascule qui les a fait douter, ou carrément renoncer au porno.

Ne pas se sentir représenté dans le porno

On m'a souvent dit au fil des échanges que le porno estampillé lesbien sur les tubes était nul. Pas réaliste.

N'ayant pas de sexualité avec des femmes, il m'est difficile de trancher sur la question. Mais j'accepte volontiers de le croire. Ne pas se sentir représenté dans le porno est d'ailleurs un motif de rupture avec cette consommation. C'est ce que me raconte Kayla, qui a 17 ans. Devant les vidéos de femmes entre elles, elle me dit : « Ces images ne m'ont pas trop plu : je trouve que même dans les scènes lesbiennes, la sexualisation des femmes est faite pour le regard masculin. J'ai toujours su que j'aimais les filles, même si je suis aussi attirée par les hommes. En faisant ces recherches sur les sites porno, j'ai découvert que j'étais davantage attirée par les femmes dans ces vidéos, mais que ça les mettait en valeur d'une façon qui ne me plaît pas. Je suis tombée sur des choses assez violentes (elle se racle la gorge, hésite), des gang bangs, par exemple. Ça me dégoûtait de voir ça. Je me suis dit que c'était pas mon truc. »

C'est le même blocage qu'a vécu Hermès, après s'en être servi pour explorer ses réflexions sur le genre et sur sa propre sexualité. « Je ne consomme plus de porno. Je me suis rendu compte que ce que je trouvais sur les plateformes n'était pas très sain pour moi. Ça me faisait plus de mal qu'autre chose. Les personnes trans y sont sous-représentées, ou alors ce sont des femmes trans fétichisées, des hommes trans gay… Le porno mainstream ne me représente pas. Par contre, je vais en projection de films queer, notamment ceux de la

Branlée, un collectif de création de films qui cherche à produire de nouvelles perspectives de porno, à le réinventer. »

Devenir mère et rompre avec le porno

Parfois, c'est un événement sans violence qui rebat les cartes. Un heureux événement, même. La grossesse, par exemple. Peut-on porter la vie et regarder des gens se mettre des doubles pénétrations avec du sperme plein la figure ? Pour Claire, non. Pourtant, elle avait un rapport plutôt libéré à la chose depuis qu'elle avait eu accès à Internet et à l'ordinateur de ce chéri, sur lequel elle naviguait en solitaire, avant de partager ses fantasmes en couple et d'essayer de les reproduire. Dès la grossesse, son rapport au porno s'est trouvé contrarié, comme toute sa sexualité, d'ailleurs.

« Il y a pour moi une très grosse contradiction entre une sexualité débridée de femme et le fait d'être mère, comme si ça m'assignait à un rôle de sainte vierge. J'ai énormément travaillé, et quand j'ai été en congé maternité, j'avais un trop gros ventre, ce n'était pas facile pour se branler… Je l'ai un peu fait, mais ça ne marchait pas. Je me disais : ça m'aura enlevé ça aussi. Je n'ai pas aimé être enceinte. Je ne me sentais pas libre avec ma sexualité. La grossesse a aussi été pour moi une période d'éveil au féminisme. Ça m'a tellement gonflée : je ne faisais plus qu'être enceinte et travailler. Chaque jour m'épuisait jusqu'au fond de mes ressources. J'ai été révoltée à l'idée que l'égalité homme femme s'arrête au moment où la grossesse commence. Je n'y prenais pas de plaisir, je n'avais plus de libido, je ne pouvais pas courir, j'avais peur de tout, je ne pouvais pas boire, je me trouvais con, j'étais crevée… J'ai eu l'impression d'être coincée avec un frein à main et un bébé qui pompe tout. Cet abandon de soi et du corps me dérangeait. Et à sa naissance, il y a ce sujet : c'est quoi élever un petit garçon ? On va lui donner quoi comme regard sur la répartition des choses entre papa et maman ? Je suis tombée sur le podcast *La Poudre*, qui a résonné à mort. J'ai été aux manifs de Nous toutes, habillée tout en violet avec mon bébé. Et après ça, je me suis trouvée bien con face à mon porno ! Il y a un côté digne de la maman qui ne va pas avec le fait de regarder ça. Quand il est là, mon désir sexuel de femme ne peut pas exister. Avant, je ne me posais pas la question du traitement des femmes, et ce que je cherchais était de l'ordre de la domination. J'avais une part d'excitation dans le fait d'être dominée. Sans aller vers des trucs trop hard… Si je sentais que l'actrice n'était pas consentante, j'arrêtais tout de suite. Et je vois qu'en vieillissant, je suis de plus en plus attachée au fait qu'il y ait vraiment une histoire. À un moment donné, ma conscience m'a rattrapée, je me suis dit : il y a un souci. Je conscientise ce que c'est d'être une femme, une mère, dans ma culture comme dans d'autres cultures et conditions. Je lis les journaux, je lis Lauren Bastide et Mona Chollet. Ça fait son chemin dans mon histoire… Et je ne porte plus le même regard sur le porno. Il y a des contenus que je ne considérais pas choquants et qui le sont maintenant. J'ai arrêté l'ascension du trash sur les sites. Les femmes avec plusieurs mecs, une Blanche avec cinq hommes noirs, qui joue à être très très forcée… on est sur un rapport de force qui ne va pas du tout. J'ai commencé à tiquer, ça ne m'excitait plus. Le désir montait parce que mon corps avait l'habitude, et tout à coup la tête faisait : STOP ! Et j'arrêtais. J'avais lu un livre sur les conditions de production du porno, écrit par une ex-actrice. J'avais conscience de ce qui pouvait exister derrière la caméra mais je l'avais rangé dans un coin de ma tête. Avec le temps, on fait de moins en moins ce grand écart dans nos idées, on réduit cette dissonance cognitive, et ça finit par s'infiltrer partout, y compris dans notre intimité. La bienséance se faufile même dans nos lits, comme si notre être politique colonisait toutes les sphères de notre vie. Il y a cette volonté d'être plus en vérité vis-à-vis de soi. Tu ne peux pas lire Mona Chollet et aller sur Youporn ! Une part de moi se dit que c'est mieux d'être en résonance entre la théorie et la pratique. Mais franchement, le féminisme m'a un peu niqué le porno. »

La scission avec soi-même : être féministe et mater du mainstream, mission impossible ?

« Le porno, on en parle avec mes patientes. En anamnèse, je leur demande quelles sont leurs sources d'autoérotisme, si elles se masturbent… Je demande quelle est leur technique, leur support, si elles regardent du porno. La majorité en regarde, pour la plupart entre 25 et 30 ans. Je pense que c'est assez générationnel », note la sexologue Lucie Groussin. « Ce qui en ressort, c'est qu'il y a beaucoup de culpabilité. Chez les féministes particulièrement, qui le vivent plus mal que les autres. Elles ont l'impression que ce qu'elles font n'est pas éthique, elles disent ne pas savoir comment ont été faits ces films, que les femmes surjouent… De fait, j'entends souvent de mes patientes qu'elles se tournent vers du porno gay, justement pour éviter cette représentation des femmes. Leur problème, c'est surtout la condition de ces dernières. Mais elles peuvent aussi perdre en excitation parce que la scène sonne faux. Devant ces contenus, elles ont peur de ne pas être de "bonnes féministes". Les effets secondaires de l'ouverture de la parole sur le sujet du sexe, c'est qu'elles se disent qu'il faut se masturber, qu'elles culpabilisent de ne pas être bi, d'être hétéro… En fait, faut se lâcher un peu la grappe ! La sexualité est un domaine très jugé et le porno est à fond là-dessus. Moi je pense qu'il faut se détendre sur le sujet ! »

« Dans ce que je regardais, la femme n'existe pas. Tu me prends par surprise, tu fais ton truc sur moi, et à la fin je suis quand même contente, parce que c'est du porno… Mais c'était quasiment du viol. » La prise de conscience d'Ambre s'est faite comme ça. Du porno, elle avait commencé à en regarder au tout début de sa vie sexuelle, et petit à petit elle a ouvert les yeux sur deux obstacles : 1) ça avait biaisé son rapport au sexe et aux hommes, 2) elle ne supportait plus de « participer » à ce système d'exploitation des femmes.

« Au niveau sexuel, je ne recherchais pas mon plaisir à moi. Je me disais qu'il fallait que je satisfasse l'autre et que c'était de ça que je tirerais ma propre satisfaction. Pour accéder au plaisir, je pensais qu'il fallait en passer par un truc hard : me faire serrer la gorge par exemple. Je voulais un mec très dominant et je me persuadais que moi, le maximum que je puisse faire dans notre échange, c'était de lui demander de me dominer. » Elle me raconte qu'elle a dû se forcer un peu pour se détacher de ce porno qui était très efficace sur elle, pour tenter de changer de regard. Pour autant, « mon fantasme n'a pas basculé du jour au lendemain. J'ai fait un effort, un travail sur moi-même, en me disant : c'est pas bon pour toi ma fille, c'est ce que tu veux, ce qui t'excite, mais c'est pas bon ».

Dans le chapitre V, elle nous racontait avoir parlé avec ses amies de son rapport au porno. Ça l'avait soulagée, sur le coup. Sans supprimer la culpabilité : « À un moment donné, j'ai eu du mal avec ce que je regardais. Je trouvais ça trop dégradant pour ces femmes. Je me disais que je ne voulais pas être à leur place, ça me faisait de la peine. Je suis passée de la culpabilité d'être excitée par ces contenus, à une autre forme de culpabilité : celle de leur faire subir ce qu'elles vivaient, en étant cliente de ces vidéos-là. J'avais un sentiment de responsabilité vis-à-vis d'elles. »

Le traitement des femmes sur les tubes

Affaire Bukkaké. Au moins trois de mes témoins m'ont cité ces deux mots pour résumer le jour où le porno est devenu insupportable pour elles. « Viols en réunion », « traite d'êtres humains en bande organisée » ou encore « proxénétisme aggravé », sont les chefs d'accusations de cette affaire, à propos du site French Bukkaké. Des jeunes femmes en difficulté étaient recrutées, leur consentement était extorqué, elles étaient violées, filmées et diffusées sur Internet par ce réseau criminel. Plus d'une cinquantaine de femmes, traitées comme de la marchandise, à qui on avait promis une vidéo avec un seul homme, à destination de clients privés au Canada. Les conditions n'ont finalement rien à voir avec la promesse : plusieurs hommes, des pratiques sexuelles auxquelles elles ont dit non, des vidéos qui tournent partout dans le monde, révélait *Le Monde* en 2022. L'enquête vise les créateurs de ces vidéos, mais aussi des sites comme Dorcel ou Jacquie et Michel, qui les diffusaient. C'est de cette enquête que me parlent mes témoins. À partir de là, elles se sont posé la question de ce qui se passait véritablement derrière la caméra. En l'occurrence, pas un cinéma joué par des acteurs consentants, mais une traite d'êtres humains.

« Le point de bascule, pour moi, ça a été l'enquête du *Monde* sur le Bukkaké, sur Jacquie et Michel. Ça m'a flingué la gueule. Ça a terminé ma relation au porno. J'en regarde beaucoup moins depuis. Peut-être trois fois ces deux dernières années ? Avant ça, j'avais lu le livre de Céline Tran, *Ne dis pas que tu aimes ça*, où elle t'explique que le porno est un choix mais que, pour autant, il y a plein de tournages qui ne se passent pas comme ils devraient, même si tu es consentante au départ. Ça a humanisé les personnes que je chosifias », remarque Pauline, l'une des deux copines de fac avec qui je vous racontais avoir eu une discussion libératrice en introduction.

« En vieillissant, je m'informe sur les dérives de la pornographie, et je commence à changer ma consommation. Face aux vidéos, je ressens un malaise, une boule au ventre, presque la nausée. Les scènes en question, ce sont des doubles pénétrations, des claques sur le visage de femmes, des éjaculations faciales à plusieurs. Je n'en suis pas à me demander si les actrices sont consentantes, je suis juste gênée, j'ai un malaise intérieur qui grandit. Et de fait, un peu naturellement, je ne regarde plus ces vidéos-là », me raconte ensuite Olga, celle qui a été initiée au porno avec les cassettes volées dans la table de nuit de son père. « Le tournant, pour moi, c'est l'affaire Bukkaké. Je l'ai lue avec beaucoup d'intérêt et ça m'a bouleversée. J'avais sous les yeux des informations journalistiques qui découlaient d'investigations sur ce que je consommais (ou ce que j'avais consommé) et qui me disaient : ce sont des femmes violées. Je me suis dit : tu te connectes à des plateformes où des femmes violées sont filmées et postées en vidéo. Ça n'a pas changé ma consommation, qui s'était déjà naturellement réorientée, mais ça m'a confortée dans l'idée que je ne pouvais plus regarder ces vidéos que je considérais comme *border* (limite). Alors que, plus jeune, une femme et quatre mecs, un gang bang, ça pouvait m'exciter. Là, ça me fait peur. Je sais qu'elle va être malmenée, entourée d'animaux qui sont une menace pour elle. »

Mais même en contrôlant drastiquement ce qu'elle regarde, son rapport au porno est loin d'être décomplexé. « Est-ce que grâce à ça je regarde du porno en toute sérénité ? Non ! Le simple fait d'aller sur ces sites, ce n'est pas apaisé, pas très affranchi. Ça fait naître des questionnements sur ce que je suis en train de faire. Je me demande s'il ne faudrait pas que j'arrête complètement d'aller sur ces sites… Même chez moi toute seule dans la nuit, sous ma couette, avec mon sextoy, je ne me sens pas libre. Je réfléchis sans cesse à ce que je fais, je me demande si j'ai le droit, je me demande si regarder du porno ce n'est pas trahir mes sœurs. Les contenus que je regarde ne sont pas le cœur de mon problème éthique, c'est les sites par lesquels je passe qui m'embêtent. Je me connecte et je me vois faire partie de milliards de gens sur la planète. Je me dis : toi tu fais ça, comme le vieux monsieur bedonnant qui va taper des mots clefs qui te dégoûtent. Faire partie de ce groupe-là, entretenir ce système, ça me débecte. »

À quoi « participe-t-on » quand on regarde du porno ? C'est la question qui tiraille dans cette prise de conscience infernale. Est-ce qu'en appuyant sur Play, on est complice ? Dans ce questionnement, je retrouve une réflexion que je connais déjà. Avec toutes ces copines qui ont arrêté d'aller chez Zara parce que l'industrie de la fast fashion déshumanise des travailleurs à l'autre bout du monde. Avec ces copains qui ne mangent plus d'animaux qu'on élève en batterie sans lumière du jour et qu'on tue dans la souffrance. L'idée que notre action, aussi minime soit-elle – manger un steak, acheter un T-shirt, lancer une vidéo de 5 minutes –, fasse beaucoup de mal. Je ne suis pas là pour dire qu'on devrait ou non arrêter, ni même pour estimer le poids qu'on représente dans ces industries. Mais je constate à quel point chacune de ces décisions peut peser lourd sur nos consciences.

Violence conjugale et pornographie

Les dessous de l'industrie, Sina les a lus aussi. Elle y a appris la même chose qu'Olga et Pauline. Mais c'est un tourment différent qui l'a amenée à chercher une autre voie pornographique. Elle avait fini par penser que la culture du viol était la sienne. Elle érotisait la violence, c'était devenu son truc. Elle en parlait déjà dans le chapitre sur les jeunesses éduquées au porno. « "Beau-père prend sa belle fille en levrette." Ça m'arrive de cliquer dessus. Une fois que j'ai joui, je me dis : mais pourquoi j'ai regardé ça ? Outre le sujet des vidéos, il y a l'interrogation de la place qu'on a dans ce business, surtout avec Pornhub et Youporn. On sait que le clic leur donne plus d'armes pour faire ces vidéos, pour poster des contenus sans checker la provenance, sans chercher à savoir comment ça a été fait… Avant, je ne me posais pas la question ! » Elle résume l'étau dans lequel elle se sent coincée : « En même temps, est-ce que le sexe n'est pas le lieu du lâcher-prise, où on ne pense plus à nos combats, où on arrête de réfléchir ? Mais devant du porno, je me dis que je contribue à une industrie qui fait du mal, et en plus, je prends du plaisir là-dedans. »

Sa prise de conscience est arrivée « tard », juge-t-elle. À 30 ans. « J'étais dans une relation avec un homme violent, toxique, manipulateur. Un prédateur. Verbalement, physiquement, psychologiquement… J'ai fini par porter plainte et là j'ai nommé toutes les violences que j'avais vécues. Est-ce qu'il y en avait d'ordre sexuel ? Sûrement, oui. Mais je ne l'ai pas attaqué pour ça parce que, dans les messages qu'on échangeait, qui à l'époque faisaient pour moi partie de notre vie sexuelle, il y avait des choses du type "tu vas me baiser fort, tu vas me violer". Donc a priori, j'étais consentante… Le porno a fait partie de notre sexualité, dans la phase de *love*. C'était une manière pour moi de dire « j'en suis », je sais ce que c'est qu'un bukkaké, je sais le prononcer (elle rit). Pour ce mec, je joue à ça. Mais à l'époque je pensais que c'était pour moi. J'ai moi-même prêché la culture du viol et du patriarcat. Et à un moment donné je me suis dit : mais ça ne va pas du tout ! Ça a normalisé la violence faite aux femmes. Après cette séparation, je me suis remise en question, mes rapports sexuels ont changé, ma masturbation aussi. Je ne fais plus l'amour pour avoir de l'amour. Je me suis radicalisée dans mon féminisme. Je mène dans ma vie ce combat contre les violences sexistes et sexuelles. Mais je suis dans l'ambivalence, parce que j'étais conditionnée à la culture du viol, c'était normalisé. J'y réfléchis beaucoup, c'est compliqué d'avoir ces fantasmes-là, qui ne disparaissent pas comme ça. »

« Pour moi le porno c'est comme un McDo. Si tu ne l'as jamais goûté, continue de bien manger, n'y va pas. Surtout du point de vue du porno gratuit », reprend Marie, passée de Manara au Minitel puis aux tubes dans son parcours pornographique. « Il y a quelque chose d'irrésistible dans le porno. C'est ça que je trouve super violent, comme le sucre, l'alcool, le tabac, la drogue. Si ton cerveau y réagit, ça devient une drogue. Et ça augmente en intensité avec le temps. Je suis longtemps restée dans ce truc "c'est crade mais ça m'excite". Après avoir regardé des vidéos, je ressens de la honte. Je me demande : est-ce que si tu regardes ça c'est que tu cautionnes ? Est-ce que c'est possible de séparer sa sexualité de son quotidien ? Est-ce que je peux être excitée par de la soumission et que ce soit juste un jeu ? Est-ce que je suis maso au point de vouloir qu'on me traite comme ça ? Politiquement, j'en pense quoi ? À un moment, j'en ai eu marre de regarder des trucs violents. J'ai pris conscience que la sexualité est apprise. Regarder du porno, c'est comme si on m'avait bourré le crâne avec des choses misogynes, violentes, mais que c'était pas mon goût à moi. J'ai eu envie de désapprendre à être excitée par ce truc qui m'avait été appris. Il y a deux ans je me suis dit : j'arrête complètement. »

Chapitre VIII

Touche pas à mon porno !

Arrêter complètement, certaines l'ont fait. D'autres pas. Quand j'évoque le sujet de ce livre avec à peu près n'importe qui de nouveau – un voisin dans le train, une connaissance de soirée, un ami d'ami… – on en revient souvent à la même idée : le porno, c'est mal, la seule solution, c'est d'arrêter. On a beaucoup parlé de la culpabilité, de la honte, des doutes qui pèsent sur les femmes, des jugements de la société… Mais figurez-vous qu'il y a aussi des femmes qui n'ont pas prévu de renoncer à cet espace de jouissance privé. Et qui l'assument pleinement. Parfois après avoir culpabilisé, avoir douté, avoir eu honte, d'autres fois sans tout ça, elles ont dit : « Touche pas à mon porno ! » Et c'est sûrement le truc le plus compliqué à faire comprendre à mes interlocuteurs : pour certaines femmes, il y a quelque chose de l'ordre du militantisme à exiger qu'on leur foute la paix en matière de porno.

Le porno loin du politique : un espace de liberté intime

Dans ses explorations pornographiques, Claire Richard raconte avoir gardé la porte fermée à double tour à son féminisme. Interdiction d'entrer. Il aurait bien aimé s'y insinuer, mais instinctivement elle a dit non. C'était une manière de « défendre un espace à moi, rien qu'à moi. Je ne parle pas de mes fantasmes avec ma psy, je n'en parle pas avec mes copines… Bon, d'accord, je les ai racontés dans un podcast, mais c'est très différent, je ne demande à personne de les interpréter ni de me dire si c'est bien ou pas, je les partage pour contribuer à la grande bibliothèque des expériences des femmes qui restent à raconter… J'aime la liberté totale que j'ai dans mes fantasmes. C'est une liberté qui compose avec les structures dont j'hérite, mais qui me plaît. Je ne veux pas en faire un lieu d'amélioration, d'exercice, d'injonction. La liberté, c'est rare, il faut profiter des espaces où on jouit et y creuser ses sillons et ses chemins de traverse, à l'abri des regards. Sinon, qu'est-ce qui reste à découvrir en soi, à part les pensées des autres ? ».

Au fil des lignes de Claire Richard, le porno a l'air d'être un sujet si facile à aborder. Alors que pour moi, même après des pages et des pages, ça reste parfois complexe. Je trouve ses mots justes et rassurants. J'ai l'impression qu'elle résout tous nos problèmes avec ces quelques phrases. Faire entrer la police idéologique dans la petite maison des fantasmes ? Non, ce n'est pas une bonne idée. D'ailleurs, ses *Chemins de désir* constituent à mon sens un très bon ouvrage pour se décomplexer sur la question. « Je le trouve intéressant, cet espace où les choses ne sont pas très claires. Je pense que la contradiction est aussi motrice de l'excitation. Je ne suis pas certaine que ce soit possible de fantasmer de façon extrêmement alignée avec ses valeurs. Ou en tout cas, je ne sais pas si c'est très désirable ! »

Porno et féminisme : fais pas ci, fais pas ça

Je ne vous ai pas tout dit, à propos d'Alma. Dans le chapitre précédent, elle nous racontait avoir renoncé au porno avec la maternité. Mais ce n'est pas tout à fait vrai. Disons qu'il y a des bifurcations et que son chemin n'est pas aussi linéaire qu'on pourrait le croire. Il y a quelque temps, elle s'est retrouvée à une soirée avec des amis. Elle était un peu bourrée, et dans le groupe il y avait une copine sexologue. Alors elle a posé une question qui lui brûlait les lèvres : « Quand on est féministe, on fait comment pour regarder du porno ? »

Du tac au tac, la copine experte lui a répondu : « On regarde du porno féministe. » Effectivement, ça paraît cohérent. Mais ça a mis Alma en rogne. « Je ne l'ai pas fait, d'abord parce que j'avais peur que ce soit moins ce que je recherchais. Ensuite parce que je n'avais pas envie de rendre de comptes ! Je le vois comme une forme de résistance. Arrêtez de me faire chier, partout, tout le temps ! Quand j'y réfléchis, dire aux femmes que c'est mal qu'elles aillent voir du porno, c'est une nouvelle injonction, et une autre forme de charge mentale. Et donc je continue à regarder du porno, parce qu'il nous faut des espaces de liberté. De la même manière que j'achète éthique et que je m'autorise à aller chez Sostrene Grene de temps en temps, que je mange sainement mais que je vais parfois au McDo. Il y a des trucs sexuels auxquels j'ai envie de ne pas toucher, le porno en fait partie. C'est sûrement la principale raison qui fait que je continue de me l'accorder, d'ailleurs. Je suis ambivalente, parce qu'à la fois j'ai envie d'être plus alignée avec mes idées, mais je me dis aussi : est-ce qu'on se foutrait pas un peu la paix ? »

Elle m'explique que, selon elle, tout est très positif avec l'entrée du féminisme dans nos vies. Enfin, sauf si on fouille un peu. En s'infiltrant dans tous les tissus de nos vies, cette réflexion bouscule, y compris des choses qu'on aurait bien gardées à leur place. Malheureusement pour son féminisme, un missionnaire amoureux ne fait pas grand effet à Alma. Ce qui l'excite, c'est la contrainte, l'interdit. Que des trucs pas super compatibles avec les livres posés sur sa table de nuit. « Le sexe est le dommage collatéral majeur lié à l'alignement de nos valeurs au féminisme », observe-t-elle. Ses mots, ses hésitations, ses allers-retours, ses explications, son autojugement ne cessent de me rappeler que (comme pas mal de trucs dans la vie, me direz-vous) prendre du plaisir est une bataille pour les femmes. Même dans l'espace le plus intime qui soit, sans regards, sans partenaire. Elles portent un poids qu'elles me traduisent parfois comme une autre charge mentale. « Notre société nous épuise, on passe notre vie à se poser la question : est-ce que c'est OK de faire ça ? de penser ça ? de dire ça ? D'un côté, je me dis que je ne fais rien de mal en regardant du porno. De l'autre, je suis rattrapée par l'idée que je consomme de la bande passante et que, du coup, je participe à cette industrie. C'est une goutte d'eau, certes, c'est comme manger un steak quand on est écolo. Le porno fait partie de ces trucs dont j'ai besoin pour dépasser les interdits. »

Ce que me dit Alma résonne avec un pan du témoignage de Sina qui me dit : « Par rapport au féminisme, je me dis quand même que nous, en tant que femmes, on devrait être parfaites dans notre combat. Mais on ne le demande pas aux hommes, ça ! On ne leur demande jamais de se justifier, eux. Quand on parle de distorsion, ce sont les femmes qu'on pointe du doigt. De manière générale avec le porno, il y a l'idée qu'on n'est pas censées regarder ça, sinon on est de petite vertu, ça remet tout en question. On dit aux femmes : ta nature animale remet en cause ton engagement féministe. Je ne trouve pas ça juste. Du coup, il ne faut pas qu'on en parle, et le résultat c'est que ça reste un truc honteux et culpabilisant. C'est un combat intérieur : j'ai envie de le faire et en même temps ça va à l'encontre de mes convictions. Est-ce que je suis mes convictions ou est-ce que je pense à mon plaisir immédiat ? Ou alors j'essaye de trouver un équilibre entre les deux en choisissant des contenus particuliers ? Mais en soi, on ne sait jamais ce qui se passe derrière la caméra, même en triant les contenus. Finalement, on le fait pour se donner bonne conscience. Comment faire pour que les deux cohabitent ? Je n'ai pas trouvé la réponse. »

Et si on se foutait un peu la paix ?

Comment pourrait-on faire pour se foutre la paix ? Émilie Delaunay formule une partie de la réponse. Pour elle, ce qui compte, ce n'est pas tant de regarder de la pornographie qui se revendique féministe. C'est l'éthique qui est primordiale. Mais ça veut dire quoi au juste, du porno éthique ? « Ce qui est au cœur de la sexualité, c'est le consentement. C'est ça qui compte. Ensuite, tu peux faire ce que tu veux. On est qui pour juger ce qui te donne du plaisir ? Tu peux tester tes limites, te dire que ça ne t'a pas plu et que tu ne veux plus recommencer, changer d'avis… De manière générale, la sexualité n'est pas figée, elle dépend du partenaire, du moment, de l'envie, c'est un processus. » Elle s'agace d'entendre dire que le porno dit féministe pourrait être l'unique option d'un porno respectueux. D'après son expérience, elle rappelle que « dans un film professionnel, il n'y a que des pros avertis, préparés, qui se trouvent dans un cadre ultra *safe*. La santé est au carré, le droit à l'image aussi, le droit de retrait aussi, il y a une coordinatrice d'intimité qui peut arrêter une scène au besoin, les acteurs et actrices peuvent dire stop ».

Ce qu'on reproche aux films X non estampillés « féministes », c'est d'être phallocentrés, de servir le plaisir des hommes, et d'avoir des scénarios jugés patriarcaux, coercitifs, violents… Pour Émilie Delaunay, « si nous, professionnels avertis, ne mettons pas en scène les fantasmes des gens, ils iront chercher ailleurs, dans des vidéos tournées dans de mauvaises conditions, avec de potentielles vraies agressions derrière. Le film porno professionnel est un cadre de mise en scène des fantasmes, avec du consentement. Qu'on soit là ou non, ces fantasmes continueront d'exister. Si avoir un sextoy est tabou, envoyer des sextos est tabou, on ne s'en sort pas. J'ai envie de dire aux femmes : vous ne faites rien de mal, ça ne fait pas de vous des femmes inférieures de regarder du porno. Il faut arrêter de vivre dans le regard des autres, sur tous les sujets, mais surtout sur la question de l'intime ».

Au-delà du type de scénario, Ludivine Demol Defe me glisse au passage que le problème fondamental du porno est une question de classe. C'est toujours mieux vu de dire « je lis le Marquis de Sade » plutôt que « je regarde Jacquie et Michel ». « Alors que dans le contenu, Jacquie et Michel, c'est bisounours à côté du Marquis de Sade qui parle de viol, de torture sexuelle… Bon, je ne porte pas Jacquie et Michel dans mon cœur, mais c'est simplement pour montrer que le livre est plus légitime que le film. En plus, le Marquis de Sade est un classique de la littérature, alors ça ne peut pas être considéré comme du porno ! » sourit-elle. L'art est légitime, le porno, lui, beaucoup moins.

Mais au fait, qu'est-ce qu'on y trouve vraiment dans ce porno féministe et alternatif ? Allons y faire un tour, si ça vous dit…

Chapitre IX

Post-porn, féministe, alternatif… plongée dans « l'autre » porno

Qu'est-ce qui est porno, qu'est-ce qui ne l'est pas ?

Comme je vous le disais au début de ce livre en citant le Robert, la question est quasi métaphysique. Est-ce que du coup, quand il y a une perspective artistique, on renonce à le ranger dans la case « porno » ? Pas sûr. En février 2025, je me suis lancée dans un projet qui a fait sourire à peu près tout le monde autour de moi, je suis allée au Porn Film Festival d'Amsterdam (PFFA). J'étais curieuse de voir qui le fréquentait et dans quel but : est-ce que j'allais me retrouver dans une salle remplie de quinquas libidineux venus se tripoter la nouille ? Je vous spoile l'affaire un peu tôt mais : non, pas du tout. J'ai passé quatre jours entourée d'intellectuels, à les écouter débattre de la place des travailleurs du sexe dans la société, du rôle du porno dans la société… Et moi, à me demander : qu'est-ce qui est porno et qu'est-ce qui ne l'est pas ? Je sais, je tourne en boucle avec cette question.

Je me suis retrouvée devant des films engagés politiquement, en faveur de la planète, pour dénoncer une guerre, une colonisation… avec des gens nus, parfois des scènes de coït, mais quasi rien qui – selon moi – puisse être rangé dans la boîte « porno ». En tout cas rien qui éveille une émotion dans le bas-ventre. Devant une séance de minifilms intitulée *Cripping for pleasure*, j'ai eu les larmes aux yeux de découvrir en images la sexualité tiraillée de personnes handicapées. L'exemple de Rike, 28 ans, m'a marquée. À 28 ans, on ne lui a jamais fait l'amour. Elle a payé Ben Nordman, un assistant sexuel, pour l'aider à découvrir son corps et accéder au plaisir. De leur rencontre, le travailleur du sexe a monté un documentaire (avec son accord, bien sûr). Il la manipule avec délicatesse, elle le remercie de lui donner « droit à la sexualité ». On les voit avoir ce rapport sexuel de manière assez explicite. Après la projection, une lettre que Rike a écrite est lue au public, elle y dit sa reconnaissance pour ce cadeau charnel qui lui a permis de se trouver belle et désirable pour la première fois de sa vie. En échangeant mes impressions avec d'autres spectateurs, je me rends compte que le champ lexical du sexe ne fait pas irruption une seule fois. On me parle de poésie, d'émotion, d'un contenu « intelligent ». Au cours d'une discussion avec l'actrice et réalisatrice Carmina, présente à cette séance, je demande : que fait ce type de contenu dans un festival de porno ? Elle me répond que ça s'explique tout simplement parce « qu'on n'a pas le droit de parler de ces sujets-là dans la société, c'est censuré ou démonétisé sur YouTube, ça saute sur Facebook, c'est banni par Instagram… On est dans un climat de morale, où tout ce qui est sexuel est condamnable. Les rares espaces où parler de sexe, ce sont donc les milieux sexpositive, les festivals. Mais on n'en parle pas sur la place publique ».

Ça faisait longtemps que j'avais envie de rencontrer Carmina, performeuse, réalisatrice de films à caractère explicite, fondatrice de la plateforme Carré Rose Films. Le PFFA a été l'occasion. « Je viens d'une famille où on ne prononce pas le mot sexe », m'annonce-t-elle en introduction. « J'avais 16-17 ans quand Internet est arrivé chez nous, et j'ai découvert le porno mainstream. Il m'a aidée à mieux comprendre qui j'étais. J'ai toujours adoré le porno, depuis le début de ma sexualité. Je trouvais ça fascinant, tout en ne me voyant pas là-dedans, je ne m'y reconnaissais pas, il n'y avait pas de corps comme le mien. Quinze ans plus tard, je débarque au Porn Film Festival de Berlin et, pour la première fois de ma vie, je rencontre des gens comme moi, je comprends tout ce que j'aime, ce que je n'aime pas.

C'est un choc. C'était ça que je cherchais, un porno qui aille beaucoup plus loin que juste du sexe – même si je considère que ça pourrait être juste du sexe, en se filmant et en rigolant. Mais le porno que j'ai vu là était tellement plus politique, intime, libérateur… L'expérience a été si forte que j'ai eu envie d'en faire mon métier. »

Dans un autre registre, à ce festival, on a vu bon nombre de dessins animés pornographiques, parfois très engagés politiquement – je repense à l'un d'eux qui racontait la sexualité subie de la génération de nos grands-mères. Bref, « féministe », « alternatif », « indépendant » ou « mainstream », il n'y a pas qu'un porno mais des centaines, que je ne saurais vous énumérer ici.

House of Erika Lust

J'ai souvent entendu dire du porno féministe qu'il était moins nourrissant pour nos imaginaires, trop ressemblant à ce qu'on vit dans « le lit conjugal » pour le dire à l'ancienne. Un peu trop sexe vanille, pas assez transgressif. Bref, que ce n'était pas ce qu'on était venu voir. J'avoue que je suis en partie d'accord avec cette observation. Mais je me suis laissé surprendre. D'abord, à ce fameux festival, avec un film baptisé *Barbie Goes to the Madhouse*. C'est un conte sadomasochiste où Barbie a le rôle principal. Le film fait référence à *Kill Bill* Volume 1, et à *La piel que habito*, d'Almodovar. Autrement dit, ça n'a rien d'une romance, c'est même plutôt trash. Barbie est la poupée sexuelle de l'homme qui l'accompagne à l'écran, leurs ébats n'ont rien du tendre missionnaire. Parfois, elle change de posture, pour se venger, et devient elle-même tortionnaire. Dans la salle plongée dans le noir on devine que des gens partent. Et moi je crois que c'est le premier film de ces quatre jours de visionnage qui me fait de l'effet. Il n'a rien de poli, il n'est pas très politique, pas spécialement esthétique – même si c'est subjectif. Il reprend pas mal de codes du mainstream, à vrai dire. Pourtant, sur le papier, il s'agit bien d'un contenu qui coche les cases « éthiques », « alternatif », « indépendant », comprenez « porno suffisamment intello et respectueux pour en devenir acceptable ». La raison première étant que les acteurs sont avertis, respectés et consentants.

Pour être honnête, ce n'est pas la première fois que je me laisse surprendre par du porno éthique. À Barcelone, j'ai découvert le dernier projet d'Erika Lust, qui ambitionnait de nous faire plonger dans un film X à 360 degrés. D'ordinaire, les contenus d'Erika Lust me semblent plus esthétiques que pornographiques, et si je prends plaisir à les regarder, ils n'ont pas toujours l'effet escompté. J'entre donc dans la *House of Erika Lust*, ouverte uniquement en soirée. À la porte, on nous distribue des masques noirs ornés de dentelle.

Cachée par mon « masque vénitien sexy », comme ils appellent ça dans les magasins de déguisements, je me retrouve dans une salle éclairée de fausses bougies, ornée de miroirs, un grand écran sur lequel défilent des images des films de la productrice suédoise. Au fond, il y a écrit « Salle Metavers », je m'y dirige. Là, un employé de l'exposition me demande si je parle espagnol. Je réponds oui (ce qui n'est pas 100 % vrai). Le voilà qui se lance dans une explication en catalan, langue à laquelle je ne comprends rien. Or, je sais qu'il vaudrait mieux que je sache dans quoi je m'embarque, à en croire le casque de VR qu'il tient entre les mains. Je ne sais pas si vous en avez déjà fait l'expérience, mais ça peut vite devenir dangereux : la dernière fois, j'ai failli me prendre un mur. Bref, je passe le rideau, on me met le casque sur la tête et me voilà invitée à pénétrer la maison d'Erika Lust, sans avoir rien compris aux consignes.

Je dois choisir entre trois programmes : érotique, pornographique ou « surprise ». Je clique sur l'option 3 et j'ouvre la première porte. Me voilà dans une salle de bains envahie de buée où je ne vois pas grand-chose. Sur un miroir, j'efface la buée d'un revers de main et je vois apparaître un couple qui fait l'amour sous la douche. Derrière une porte, j'entre dans une bibliothèque où chaque livre me mène vers une scène d'Erika Lust. Il y a aussi une cuisine, avec d'autres extraits. Ou encore un hangar, où je me retrouve entourée de performeurs qui se déshabillent lentement, comme si j'étais la destinataire du striptease. Pour continuer ma visite virtuelle, je prends un ascenseur torride : un couple s'y tripote à quelques centimètres de moi. Et dans ma tête, Calogero se déchaîne : « J'arrive à me glisser juste avant que les portes se referment. Elle me dit quel étage et sa voix me fait quitter la terre ferme… En apesanteur, pourvu que les secondes soient des heures, en apesanteur, pourvu qu'on soit les seuls dans cet ascenseur. » (Après Yelle, voyez un peu comme mes références musicales sont de qualité !) Je n'ai aucune idée du temps que dure l'aventure, et je suis certainement trop surprise pour me laisser aller à toute forme d'excitation, mais l'expérience a de quoi surprendre et mérite d'être vécue.

Une fois mon casque quitté, je me dirige le long d'un immense couloir rouge vers la salle suivante, un cinéma à 360 degrés. La dernière fois que je me suis retrouvée dans un endroit de ce type, c'était à la Géode à Paris, et j'étais venue voir un film sur l'océan. Autant vous dire que cette fois, même si l'ambiance est humide, aucun poisson ne me survole. Une paire de seins s'agite. Deux hommes tournent autour d'une barre de pôle dance. Un couple se roule des pelles en si gros plan que j'ai l'impression d'être entre leurs lèvres. C'est hypnotisant, et ça met en exergue tout le caractère artistique du porno d'Erika Lust. Jusque-là, vous me direz que je ne contredis pas tellement le côté soft qu'on lui reprochait plus haut, mais patientez, j'y viens.

Scénarios coquins, féministe ou pas féministe ?

Dans cette expo, il y a quelques scènes qui m'interpellent, issues de son projet X Confessions. Une femme entre dans une église et s'installe dans un confessionnal, à côté d'un prêtre. S'ensuivent 16 minutes d'une messe peu banale. Sans vous spoiler, je me contenterai de vous dire que le péché de chair y est consommé. Avec cet exemple, je trouve – au moins du point de vue du scénario – qu'on sort du sexe vanille pour entrer dans le fantasme – de ceux qu'on trouve gênants et qu'on n'ose pas avouer à voix haute. Le porno féministe peut aussi jouer ce jeu-là. Sortir des lignes de la bonne conduite sexuelle et laisser s'exprimer des désirs plus sombres.

Toujours dans la série X Confessions d'Erika Lust, je regarde une séance chez le docteur qui vire au plan cul. « J'ai un fantasme, où mon petit copain joue mon médecin. Il me demande de retirer mes vêtements et de m'allonger sur la table… », confie une femme en face caméra, au début du film. Sur une table obstétricale, le médecin l'examine et se met à la masturber, commente son sexe : « Vous avez un beau vagin, soit dit en passant. » Il lui insère toutes sortes d'engins. Après examen, il n'a qu'une proposition de traitement : « Vous avez besoin d'une bonne baise. » Franchement moins lisse que l'idée que je me faisais du porno féministe. Devant une vidéo avec ce thème sur Pornhub, j'aurais pu laisser ma police intérieure intervenir : « Mais ça va pas la tête de cliquer là-dessus, t'as pensé aux violences obstétricales ? »

Peut-on être féministe et aimer être soumise ? Peut-on aimer joindre au sexe consenti un peu de violence (maîtrisée) ? Je crois que la réponse est : OUI. La réalisatrice Anoushka me rappelle la définition du porno féministe : ce n'est pas un porno pensé pour les femmes qui voudraient de la douceur, en tout cas pas exclusivement. « Ça peut aller très loin dans les pratiques. Dans la catégorie BDSM, j'ai déjà vu des vidéos de seringues sur des vulves, d'objets qu'on fait entrer dans le vagin… Ce ne sont pas des choses qui m'excitent, donc ce n'est pas ce que j'ai envie de raconter dans mes films à moi. Mais le porno queer éthique peut ressembler à ça, tout en ayant des garde-fous grâce aux coordinateurs d'intimité. On parle de porno féministe à partir du moment où le personnage principal à la recherche de son plaisir est une femme et qu'il y a du consentement. Mais ça ne veut pas dire que ça va se caresser du bout des doigts ou se sucer du bout des lèvres », caricature-t-elle.

Voyeur, Outdoor, Fetishes, Anal, BDSM, Groupsex… En termes de scénarios, jusqu'où peut aller le porno féministe sans virer de bord ? Il n'y a pas si longtemps, Erika Lust aurait placé son curseur sur « gang bang » en limite à ne pas franchir. C'était trop marqué par le mainstream à ses yeux. Mais une rencontre aux États-Unis lui a fait changer de point de vue. Dans une soirée à Los Angeles, elle rencontre l'actrice X Kazumi, une femme très différente des gens avec qui elle travaille d'habitude – beaucoup de ses acteurs ont des corps « normaux ». Il y a des poils, de la cellulite, des petits, des gros seins, idem du côté des sexes. Kazumi a des seins et des fesses XXL, une bouche repulpée, une épilation impeccable, disons qu'elle correspond davantage au stéréotype de l'actrice porno.

Les deux femmes discutent et l'actrice américaine lui dit qu'elle aimerait beaucoup jouer dans un de ses films. Elle ajoute qu'elle adore les gang bangs. « Pour moi, c'était à la frontière de ce que je pouvais représenter, par rapport à mes valeurs. Mais en discutant avec des tas de femmes, j'ai compris que ça faisait partie des fantasmes. Non pas qu'elles veuillent le vivre, mais le voir, oui. J'ai utilisé notre conversation comme contexte au film, dans lequel je joue, sans avoir de relation sexuelle. Je m'y amuse de moi-même, de mon point de vue. Parfois, on ne se laisse pas aller à un fantasme qui pourrait marcher parce qu'on est bloqué dans une vision féministe », souligne Erika Lust entre deux gorgées de champagne.

Chaque producteur, chaque productrice a ses limites. Mais je trouve intéressant de voir que le porno féministe n'est pas aussi figé sur ses principes que je le pensais. Pas toujours « bien pensant ». De voir qu'il cherche à s'adapter aux attentes de ses spectatrices et spectateurs. En fonction de la plateforme sur laquelle on se connecte, ça peut aller plus ou moins loin. À chacun(e) de trouver le bon site en fonction de ses attentes.

Et d'ailleurs, concrètement, comment ça se passe, après tous ces chambardements et prises de conscience ? Quels petits arrangements ont trouvé les unes et les autres avec leur pratique du porno ?

Chapitre X

Mon petit arrangement avec la pornographie

La plupart des femmes à qui j'ai parlé ont diminué leur consommation de porno, mais rares sont celles qui ont complètement arrêté. Elles ont toutes cherché une formule qui leur conviendrait mieux. Pour pouvoir être – à peu près – en paix avec elles-mêmes. Certaines ont goûté au porno féministe et ont été (ou non) convaincues, d'autres ont arrêté le porno amateur, d'autres l'ont favorisé au contraire. Certaines ont drastiquement limité leur temps passé à en regarder, d'autres se concentrent sur un certain type de vidéos uniquement. D'autres payent pour avoir la paix. Bref, après tous ces questionnements, je vous invite à me suivre au chapitre des petits arrangements. Alors, les filles, comment vous faites pour mieux vivre avec votre porno ?

Essayer le porno féministe

Puisqu'on en était à parler de porno féministe, commençons par celles qui l'ont exploré pour voir si elles pouvaient y trouver leur réponse. Je vous disais que j'avais été agréablement surprise, mais ce n'est pas le cas de tout le monde. «Je n'ai pas été très convaincue par le porno féministe. J'ai souvenir de dialogues interminables, de films très longs. Je sautais des passages. Quand est-ce qu'on passe aux choses sérieuses ? Le thé sur la banquette, ça ne m'intéresse pas du tout. Les images ne m'ont pas marquée, j'ai trouvé ça chiant. Si je recherche quelque chose qui va au-delà de mon imaginaire sexuel, ce n'est pas pour reproduire ce que je suis capable de dérouler dans ma tête», critique Alicia, 29 ans. Elle avait découvert la pornographie à force d'entendre les garçons y faire des allusions, à 18 ans. Elle avait eu l'impression de transgresser quelque chose en se connectant à Youporn et Pornhub, les deux références dont les mecs parlaient autour d'elle. Un mélange d'excitation et de dégoût s'était emparé d'elle. Quand elle se confie à moi, elle est dans la période de sa vie où elle en regarde le plus, une fois toutes les deux semaines environ. Mais jamais plus de 45 minutes – après, ça la dégoûte.

«J'ai toujours aimé les choses qu'on n'est pas supposé faire dans une sexualité rangée. Des trucs coquins, osés. Regarder des vidéos que je n'étais pas censée voir ne me faisait pas me sentir mal, au contraire, ça me faisait me sentir bien. Le porno romantique, poli, ça ne m'excite pas. Par contre, je suis pour un porno éthique, et j'ai trouvé un compromis à ce sujet avec Onlyfans, en ne regardant que des gens qui gèrent leur corps, leur contenu. Avec le porno féministe, j'ai l'impression d'être enfermée dans une case », remarque pour sa part Jenna.

À propos du porno féministe toujours, autre son de cloche, mais même résultat pour Eloïse : « Je pense que j'ai une conscience assez précise de l'industrie terrible qui se cache derrière le porno. Il y a dix ans, j'ai tenté de me tourner vers des plateformes féministes. Mais je trouve qu'elles reproduisent d'autres formes de clichés que je combats dans mon féminisme. L'idée que les femmes aiment les trucs à l'eau de rose, du sexe très mignon, installées sur des coussins bien moelleux... Je me suis sentie un peu insultée : non, en fait je n'ai pas besoin d'une ambiance de princesse ! Ça m'a renvoyée à une façon de percevoir les femmes qui ne me plaît pas. Je suis hétéro, j'aime une certaine virilité et je suis persuadée que c'est compatible avec le fait d'être féministe. L'autre penchant des sites féministes à l'époque, c'est qu'il n'y avait pas cette virilité, les hommes étaient très minces, c'étaient des sortes de créatures. Il y avait un truc intello qui me rebutait vachement. »

Pour Pauline, mon amie de fac qui a changé sa façon de consommer avec l'affaire Bukkaké, il y a eu cette « curiosité intellectuelle et politique » à aller voir ce que proposait Erika Lust. « À ce stade, ça devient du film d'art. Donc je ne vais pas voir ça comme j'irais consommer du porno. Je l'ai fait parce que le porno me posait de plus en plus question. Même si je ne regarde que 2 minutes, il y a toujours un truc qui me sort du moment parce que je suis obligée de penser à la condition des meufs, aux articles que j'ai lus sur toutes ces femmes dont on a utilisé l'image et qui ne sont pas consentantes… »

Je vous disais plus haut que le porno lesbien constitue pour certaines une rupture. Au motif qu'il est un miroir de mauvaise qualité, déformant, imaginé pour le regard masculin… Mais pour d'autres femmes, hétérosexuelles notamment, il fait le job. Comme chez Pauline, justement : « Pour moi, le porno est un enfer, avec les catégories "beurettes", ou tout ce qui a trait à la couleur de peau, à la taille de la bite, au fétiche racial… C'est plus le fantasme psychanalytique basique du "je veux baiser mon père", c'est la remontée d'égouts sociétale, politique, coloniale… Se dire que ces catégories existent sur fond de marketing parce que c'est ce que recherchent les gens, c'est vraiment pas possible. Alors, très tôt, j'ai arrêté de regarder du porno avec des hommes. Je ne peux pas m'empêcher d'imaginer que la meuf est en train de souffrir, je trouve ça beaucoup moins douloureux de voir deux femmes faire l'amour. Alors je ne regarde que du porno lesbien. Je vais directement sur ces pages-là. Ce sont les moins trash. Même si la plupart sont produites pour le fantasme hétéro…

Je ne regarde jamais la même vidéo, je me fiche du scénario. Moins y'en a et mieux ça passe. Sinon on retombe toujours dans le cliché de la working woman à lunettes et toute petite jupe, talons hauts... donc en plein dans le mille de la domination sociale ou physique. Ça ne m'intéresse pas. Je ne regarde jamais le début d'un film, je vais toujours au milieu quand il se passe un truc. »

Regarder du vintage

Pour arrêter d'avoir l'impression de contribuer à une industrie qui fait du mal, Sina a testé d'autres formats, comme la BD pour adulte. Elle a ses défauts, les auteurs sont surtout des hommes, les femmes ont des seins souvent disproportionnés. Mais elle note qu'au moins, ça ne fait de mal à personne. « Sinon, je me suis mise au porno vintage, du studio Alpha, je me dis que les conditions de travail de l'époque n'étaient pas celles d'aujourd'hui. J'ose croire que les femmes étaient mieux traitées. Même si en soi, je n'en sais rien, c'est une façon de faire attention à ce que je consomme. Je préfère les années 1970-1980, à partir de 1990-2000 le plaisir de l'homme arrive vraiment au centre et c'est très schématique : fellation, pénétration, éjaculation... De manière générale, je continue les vidéos, mais je me limite, je me contrains en choisissant des contenus qui proviennent de studios, qui me paraissent plus sécurisés.

Mais clairement je le fais pour me rassurer et pour éviter de me retrouver en scission totale avec moi-même. »

Regarder mais pas trop souvent, ni trop longtemps

Entre sa grossesse, la parentalité, puis des fausses couches qu'elle a faites… Alma a eu une sexualité en dents de scie ces dernières années. Après sa claque féministe, le porno a été pour elle un moyen de retrouver une sexualité, d'abord solitaire, avant de pouvoir la partager. Mais pas comme avant, pas aussi librement. Une régulation s'est mise en place à mesure que son féminisme prenait de l'ampleur. « J'en regarde beaucoup moins. Mais j'en regarde quand même. Pourquoi je continue ? Pour ce besoin de m'évader, parce que je sais que physiquement ça me fait du bien. Et pas de la même manière que le sexe à deux. Mes petits arrangements se sont faits tout seuls : j'ai regardé moins longtemps, moins trash, avec une domination moins frontale, je suis revenue davantage aux scénarios, je m'attarde plus sur les préliminaires… Je me suis fait ma petite autocensure. Puis en lisant les articles sur les coulisses de Jacquie et Michel, j'ai changé, je ne regarde que les gifs, je fais des recherches et je ne clique pas forcément sur la vidéo. » C'est sa manière à elle de consommer « raisonnablement », me dit-elle.

Ne regarder que ce qu'on voudrait vivre

Massage Rooms : c'est comme ça que s'appelle la chaîne favorite d'Olga, celle qui flippait (comme d'autres !) devant une image de gang bang. Des hommes et des femmes, souvent très huilés, se massent les mollets, les cuisses, le dos, les épaules, et vous l'imaginez bien, ne s'arrêtent pas en si bon chemin. Ils finissent par forniquer sur la table de massage, souvent après une longue scène de cunnilingus et (si homme il y a) de fellation. « La différence, c'est que le plaisir des femmes ne me semble pas simulé. Il y a de la sensualité, des gestes effectués par l'homme qui me rappellent ce que je peux vivre dans ma sexualité, et ça m'excite. Petit à petit, je me rends compte que ce que je cherche dans ces vidéos, ce sont les actes sexuels dont moi j'ai envie, voire ceux que je pratique. Il peut y avoir de la soumission, mais pas extrême. Un peu comme je le vis dans mon lit, un partenaire qui maîtrise la danse, qui soumet un peu la femme à son désir, mais sans violence. »

Ne regarder que des vidéos amateur

Certaines ont choisi de ne plus regarder de films de studios professionnels. Le problème, ce n'est pas tant que les acteurs soient des pros, c'est plutôt les dérives qui se cacheraient sous le côté officiel de la chose.

C'est arrivé souvent qu'on me parle de l'implication de Jacquie et Michel dans l'affaire Bukkaké, par exemple. Alors elles se sont mises à consommer de l'amateur. Pour certaines, l'amateur et l'indépendant se mêlent un peu, je crois. Il les rassure parce qu'il semble plus réaliste, moins contraint aussi. « Parfois je les envie un peu, les femmes que je vois dans le porno amateur. J'aimerais bien être aussi à l'aise. J'imagine que la meuf kiffe. Ça doit être incroyable d'être en couple avec quelqu'un d'aussi ouvert là-dessus », me dit même Louise. Il ressemble davantage à la réalité, il leur semble moins grotesque, plus accessible. « On peut se mettre à la place des gens », souligne pour sa part Ambre. On sort du côté industriel pour rejoindre un truc plus artisanal. C'est aussi là qu'on trouve des corps plus réalistes, comme le raconte Eloïse : « Je ne peux regarder que des trucs amateur. Je ne peux pas regarder un truc "produit" avec des filles super belles selon les canons de beauté occidentaux. Ça ne m'a jamais fait le moindre effet, je ne suis pas attirée. Je regarde des vidéos où on dirait que c'est à l'arrache, avec des gens lambda, faites avec les moyens du bord. »

Ne plus regarder... que du professionnel

À l'inverse, certaines font le choix de ne plus regarder que du contenu qu'elles estiment suffisamment

« encadré » et donc professionnel. Comme Catherine, qui fuit l'artisanal : « Ce qui me mettrait le plus mal à l'aise serait de regarder des gens normaux qui se filment. Je trouve ça malsain. Dans les trucs d'amateurs il y a quand même de sales histoires de jeunes femmes qui se retrouvent en ligne sans avoir rien demandé... Je préfère voir un acteur, savoir qu'il est payé et consentant. Le côté film, production, fait qu'on sait que ce n'est pas pour de vrai. C'est des histoires, on est dans l'imaginaire, pas dans le réel. »

Un point de vue que partage Alicia : « Au fur et à mesure, j'ai davantage sélectionné ce que je regardais. Surtout après être tombée sur une interview de Nikita Bellucci et de Liza Del Sierra, où chacune s'exprimait dans un contexte hors pornographie. De les voir comme ça, en femmes indépendantes, qui revendiquent leur droit à faire du porno, qui ont choisi ce métier, ça m'a aidée. Du coup, je ne regarde plus que le contenu dans lequel elles apparaissent l'une et l'autre. Je me dis : d'accord, la fille n'est pas piégée, on ne lui a pas imposé de pratiques, je le vois comme du contenu très professionnel qui me permet de me distancier de l'acte. Je suis rassurée de me dire que c'est hyperencadré, qu'il y a eu des tests avant... À l'inverse, le porno amateur me met très mal à l'aise. Je trouve ça brouillon à l'écran et je me dis que derrière la caméra, ça doit l'être aussi. Des enquêtes ont révélé que des femmes étaient violées dans le porno amateur. »

Écouter son porno

Elle continue en me parlant d'un autre moyen qu'elle a trouvé : le porno audio. Elle se souvient parfaitement de la date à laquelle elle s'y est inscrite : septembre 2023. « Je suivais des comptes de nanas sur Insta, et la plateforme Femtasy a fait une campagne de communication avec des instagrammeurs qui distribuent des codes promo, 14 jours d'essai. J'ai trouvé ça très cool. Ça apporte une autre dimension, quelque chose de plus intime qui me semble plus réel. Il y a différentes catégories : juste des bruits de relations sexuelles, ou des « stories » avec tout un scénario. J'ai trouvé un acteur que j'aime bien, qui a une voix douce, qui fait de beaux gémissements. On trouve du contenu hypersoft, tout mignon, avec des mots d'amour et des trucs plus trash. J'ai écouté une story dans un club libertin où tu as l'impression d'être au milieu d'une quinzaine d'hommes. Si ça avait été uniquement des contenus doux, je n'aurais pas continué. Aujourd'hui, pour moi, l'audio, c'est toutes les deux semaines, les vidéos, une fois par mois. Avec la version audio, je n'ai plus vraiment honte de consommer du porno. L'appli est en favori sur mon téléphone, les codes sont enregistrés, c'est plutôt bien installé… Alors qu'avec les vidéos, je trouve ça toujours un peu honteux. Je regarde en navigation privée, je déconnecte tout, je n'ai pas d'abonnement, je le fais en cachette. »

Trouver une plateforme plus « clean »

Depuis qu'elle est majeure, Sarah regarde du porno. C'est son « accélérateur de particules », ça l'aide à se mettre dans le mood très vite. En général, une minute avant de jouir, elle arrête la vidéo. Ce qu'elle aime, ce sont les scénarios transgressifs, c'est tout l'intérêt du porno, voir deux mecs et une fille faire l'amour, des orgies, du porno gay pour voir comment ça se passe. Mais les titres sont toujours crades, ça la dégoûte un peu. Les intitulés incestueux qui nous bombardent dès les premières minutes de connexion, c'est un « *turn off* de malade » pour elle. Qui a envie de penser à un membre de sa famille alors qu'il s'apprête à se masturber ? interroge-t-elle. À 20 ans, elle tombe sur le documentaire *Hot Girls Wanted* qui la convainc de ne plus regarder que du porno éthique. Elle quitte Pornhub pour une plateforme plus clean : Bellesa, qu'elle me racontait avoir conseillée à ses petits frères plus tôt dans ce livre. « De temps en temps j'allais checker Pornhub pour un truc un peu plus sulfureux, transgressif », mais Bellesa représente dès lors 80 % de sa conso. Payer pour regarder du cul lui semble une hérésie, et en même temps, « c'est comme la bouffe, si on veut manger de la qualité on met le prix », observe-t-elle, à l'image de sa mère qui lui a appris les rudiments de la sexualité en comparant les plaisirs charnels à l'art culinaire. Sarah est un cas intéressant dans cet échantillon de témoins, parce qu'elle a eu une éducation sexuelle, et on ne s'est pas contenté de lui dire que c'était dangereux. Ça ne l'a pas empêchée de regarder du porno, mais à ce qu'elle me raconte, je trouve qu'elle fait partie de celles qui y ont le rapport le plus serein, le moins coupable. Elle a pris soin de sa sexualité comme d'un petit jardin japonais, me confie-t-elle, et le porno fait partie de ce petit jardin. Bellesa se revendique comme une plateforme de porno par les femmes et pour les femmes. Sarah ne voit pas vraiment en quoi les contenus sont plus féminins, mais salue le côté « clean » des productions.

Rémunérer les acteurs

Avant, il arrivait à Laetitia de regarder des vidéos « très très trash : du BDSM avec des insultes, de la sodomie hardcore ». Elle prend du plaisir devant ça, entre autres contenus. Jusqu'à son embauche au Tag Parfait. « J'ai rencontré des acteurs qui faisaient des contenus de ce type et qui m'ont raconté que ça pouvait leur plaire. Mais aussi qui m'ont rappelé que dans le terme "film porno", il y a le mot film. » Petit à petit, elle se met à soutenir des cagnottes de travailleurs du sexe. « Je me suis dit : si eux me permettent d'accéder à l'orgasme, je peux peut-être les rémunérer ? » Laetitia se détache des tubes et choisit d'autres canaux payants, avec une logique de consommation très différente, beaucoup plus lente et consciente :

Onlyfans, où elle a un compte et où elle suit des performeurs, et des films pornographiques qu'elle achète. Son premier, c'est une orgie de femmes de chez Carré Rose Films, acheté il y a quatre ou cinq ans. Qu'elle a dû voir… « une bonne quarantaine de fois depuis ! ». C'est un budget : de 15 à 20 euros par film, alors elle en achète peu. Avec le temps, elle s'est constitué un petit catalogue d'une dizaine d'épisodes précieusement enregistrés sur un disque dur. On y trouve du porno gay, du porno lesbien de qualité, pas trop de porno hétéro qui ne l'intéresse que peu. Aujourd'hui elle en regarde beaucoup moins, mais elle les a de côté.

Chacune a développé sa méthode pour mieux vivre son exploration pornographique. Mais plane toujours l'idée qu'en réalité on le fait pour se donner bonne conscience, et qu'on continue d'ignorer ce qui se passe réellement en coulisses. Et s'il y avait un (ou plusieurs) moyen(s) de naviguer sereinement dans le porno ?

Chapitre XI

Naviguer sereinement dans le porno

Bon, c'est presque une lapalissade : notre société a un problème avec la nudité, mais aussi avec le plaisir, qui est souvent jugé coupable. Surtout s'il est solitaire. La luxure fait partie des péchés capitaux et se définit justement par le fait de ne pas tout partager de sa sexualité, de faire passer son plaisir en premier. Regarder du porno et se masturber… on est donc en plein dedans. « Couvrez ce sein que je ne saurais voir », écrivait Molière en 1664. La phrase a beau avoir quatre cents ans, elle me paraît toujours d'actualité. Instagram bugue au moindre téton féminin. Quand on évoque l'idée d'une éducation à la vie sexuelle et affective à l'école, toute une partie de la population française hurle au scandale. Bref, dans ce contexte, pas étonnant que la pornographie (même la plus éthique du marché) soit vue comme le diable.

Jusqu'à il y a peu, on baissait la tête comme si on n'avait rien vu. Le porno, hein, quel porno ? On foutait tout sous le tapis pour éviter le sujet gênant des gros kikis luisants sur petit écran. Mais voilà, « on arrive à un point de saturation », me dit Manon Dugas @lecul_nu. « On fait partie des générations (elle dit ça parce qu'on a sensiblement le même âge, la trentaine) qui ont grandi avec une accessibilité à du contenu porno gratuit. La génération sacrifiée à qui il suffisait de taper un mot sur Google pour arriver sur du porno, sans que rien ne soit encadré. Maintenant, on sait que ça a un impact négatif sur les gens, les sexualités, la santé mentale. Donc on est en train de transformer ça en réel sujet de société. On commence à sortir de ce mépris qui consiste à dire que "le porno, c'est pas important", parce qu'on a peur. Mince, nos enfants vont-ils reproduire exactement la même chose ? » Elle note au passage que les choses bougent, même à l'intérieur de l'industrie : des acteurs passent du gonzo à l'alternatif, ils arrêtent de se piquer pour avoir de plus gros sexes, notamment parce que c'est désagréable pour l'actrice avec qui ils baisent, de gros festivals de porno comme le X Bizz font venir des producteurs de porno éthique comme Erika Lust depuis quelques années déjà. Bref, l'industrie se met à la page : les gens veulent un meilleur porno, ils le fournissent.

D'ailleurs, chercher un porno plus clean semble être au goût du jour, d'après les statistiques Pornhub 2024. Le récapitulatif des tendances souligne une demande croissante pour un sexe plus doux. Le tag « Mindful pleasure » a pris + 112 %, « mindful JOI » + 87 %, « mindful sex » + 72 %. Le sexe « authentique » sous différents tags a aussi grimpé dans les statistiques, et les recherches d'« ethical porn » sur Pornhub ont bondi de 92 %. Du coup, dans ce chapitre, on va essayer de voir comment on pourrait faire pour en regarder sans se torturer. Ça pourrait être un article de presse féminine, « Dix façons de regarder du porno sereinement ». Mais attention, je le précise à toutes fins utiles : il ne s'agit pas là d'un commandement. Si vous vivez très bien votre consommation selon vos règles, continuez, profitez !

Le point de vue d'Émilie Delaunay

Pour Émilie Delaunay, tous les pornos ne se valent pas. « En ce moment, je passe un diplôme universitaire de sexologie. On a récemment eu un long cours sur la pornographie. 80 % des informations transmises étaient mensongères, à tel point que j'ai fini par me disputer avec l'intervenant. On nous parle d'éjaculations simulées, ce qui est faux. On nous dit que 100 % des actrices ont fait un blanchiment d'anus : c'est faux, c'est une légende urbaine, en vingt ans dans cette industrie, je peux vous l'assurer. On nous dit qu'il y a forcément des pénétrations dans le porno. Entre 2004 et 2013, il était difficile d'imaginer une scène de porno sans pénétration, certes, mais ce n'est plus le cas. Il y a eu le boom du porno avec Internet, c'est indéniable. Mais ce n'est plus le modèle économique de la pornographie aujourd'hui, la plupart des scènes qu'on voit sur les tubes ont déjà dix ans. » Alors à son avis, comment naviguer dans ce grand monde du porno ? Est-ce qu'on peut se balader dans le X sans culpabiliser, et si oui, comment s'y prendre ? Je lui pose cette question parce qu'elle me taraude moi-même, mais aussi parce que, comme on l'a vu au chapitre précédent, elle trotte dans la tête de beaucoup des femmes qui ont témoigné ici. Avec l'envie de trouver un contenu qui coche toutes les cases : satisfaisant pour leurs fantasmes, respectueux en coulisses.

Elle m'interrompt en me disant qu'elle trouve « terrible qu'on dise aux femmes : votre porno, c'est celui-là et pas un autre. Ça revient à leur dire quand jouir et comment, c'est anti-militant à mon sens. Ce que j'ai envie de dire aux femmes, c'est : consomme ce qui t'excite ! On ne va jamais dire à un homme "consomme ce qui met en valeur ta virilité, masturbe-toi sur ci et pas sur ça", on leur dit juste de ne pas reproduire ce qu'ils ont vu avec une femme qui n'en a pas envie. Je ne veux pas conseiller aux femmes de regarder un porno produit par d'autres femmes, il y en a plein qui n'ont pas envie de ça, qui ont des fantasmes plus débridés. Ce que je leur conseille, c'est ça : je paye, comme ça je m'assure que le contenu n'est pas illégal. Si ce que je vois ne me convient pas, je vais vers autre chose. Je me laisse porter par mes envies à moi. Je n'ai pas honte si je dois mettre pause et changer de vidéo. Les meilleurs sites sont ceux qui respectent la loi. À partir de là, il n'y a aucune honte à avoir. »

Festivals de porno

On a beaucoup dit que le porno était associé à la honte. Mais pour certains, le porno est revendiqué fièrement. Ces dernières années, la pornographie indépendante a (presque) gagné ses lettres de noblesse en Europe. Elle est passée des coulisses secrètes au devant de la scène, au travers de festivals par exemple, comme je vous le racontais un peu plus tôt dans le récit de mon séjour à Amsterdam. C'est une pornographie que l'on range dans la case « éthique » pour de multiples raisons : elle rémunère justement ses travailleurs du sexe, elle les respecte, n'agit pas sans leur consentement, les accompagne aussi, via des coordinateurs d'intimité. Elle peut être féministe et politiquement engagée, ou pas spécialement. Ce sont vraiment ses conditions de tournage et de diffusion (payante) qui lui permettent de rentrer dans la case éthique.

Aux festivals, performeurs, cinéastes, scénaristes, coordinateurs d'intimité, spectateurs, se retrouvent pour des projections, des rencontres et débats. Le X est traité comme n'importe quelle production cinématographique et se célèbre en réunion. On pourrait même se lancer dans un tour d'Europe du genre. À Paris, chaque année se tient celui au doux nom de FFF, Festival du Film de Fesses, organisé par le collectif la Branlée. À Lausanne, en Suisse, on avait jusqu'en 2023 la Fête du Slip, rebaptisée Festival artistique des affects, des genres et des sexualités (qui s'est arrêté à la onzième édition, faute de financements). Le Porn Film Festival, dont la principale édition se tient à Berlin, a des antennes aussi à Vienne, à Amsterdam, à Bruxelles, à Barcelone. À Rome, on trouve le Hacker Porn Film Festival. Bref, le film X se conjugue en toutes langues, sans mauvais jeu de mots. Aller y faire un tour, c'est aussi l'occasion de voir plein de styles de pornos différents et, peut-être, de trouver celui qui vous plaît le plus ?

Anoushka, productrice et réalisatrice de porno féministe, revient du Porn Film Festival de Berlin quand nous échangeons. Si vous regardez les films X diffusés chaque mois sur Canal+, vous avez dû tomber sur son travail. Elle fait partie des réalisateurs qui fournissent la chaîne, le dernier en date (au moment de notre échange) s'appelle *Chaos*. Elle a aussi une plateforme baptisée Anoushkamovies.com et ses films sont publiés sur d'autres sites. Elle en profite pour me faire une petite liste d'adresses qu'elle conseille de consulter pour regarder du porno l'esprit libre. PinkLabel.TV, créée par la réalisatrice américaine Shine Louise Houston, est une plateforme qu'elle recommande, avec un porno très divers, grunge, punk, des choses plus chiadées, des courts, des longs métrages, du BDSM, du fist… Autrement dit, un porno féministe mais pas soyeux : « Se fister, c'est pas la pratique de monsieur madame tout le monde dans la chambre le soir », sourit-elle. Elle mentionne des créateurs et créatrices de contenus qu'on trouve sur Onlyfans, qui sont maîtres de leurs vidéos, comme Nikita Bellucci. « Cette autoproduction pour les travailleurs et travailleuses du sexe leur offre un autre revenu que celui des tournages, qui sont peu nombreux aujourd'hui. »

Elle me parle aussi des sites de Paulita Pappel. C'est un nom qui revient très régulièrement dans l'univers du porno « éthique », même si la réalisatrice se détache de cette étiquette. Au téléphone, Paulita m'explique pourquoi : « C'est devenu un argument commercial, et ça perpétue l'idée que la plupart du porno ne l'est pas, éthique. Or pour moi, l'idée que le porno soit quelque chose de mauvais aux yeux de la société est justement ce qui fait le plus de mal. C'est un symptôme de la mécanique de la honte autour de la sexualité, de la nudité qui fait peur, de tout ce qu'il y a d'explicite dans le sexe… On a un problème avec la sexualité dans cette société, et il est temps d'arrêter cette narration. On ne parle du porno que pour dire qu'il est addictif, que les jeunes en regardent et que c'est dangereux. Ça crée une panique morale, c'est exagéré à mon avis, et ça n'aide en rien à faire bouger les choses… Je veux être une partie de la solution. C'est à ça que sert mon porno, mes films sont des documentaires. Ils montrent le vrai sexe, ils documentent la sexualité sous toutes ses formes. C'est une archive de la vie sexuelle des gens. »

Lustery est l'un de ses sites : les vidéos sont tournées par des vrais couples, dans leur intimité, sans tierce personne pour les filmer. Leurs profils sont vérifiés pour s'assurer que ce soit réalisé avec le consentement de chacun, et les vidéos sont achetées par la plateforme. Tous les duos (ou trios) sont payés la même chose, en dépit des pratiques sexuelles à l'image ou du nombre de likes que fera la vidéo. Un modèle hyperintimiste, dans la réalité du lit des autres, donc. Un autre de ses sites est dédié au porno hardcore, HardWerk. Son but est de montrer à l'écran les fantasmes des performeurs, et de permettre aux spectateurs d'en profiter, simplement.

Quand je discute avec Paulita Pappel, en lui expliquant que je voudrais proposer plusieurs points de vue sur la manière de naviguer sereinement dans le porno, elle me fait part de son avis, que je vous retranscris ici. « Il y a cette idée sexiste, à mon sens, selon laquelle dans le porno, les femmes sont tout le temps des victimes. Mais je pense que c'est nous qui projetons ça, en tant que spectatrices, notamment parce qu'on n'a pas l'habitude de voir ce type de contenu. On est débordé de voir de la nudité et du sexe en images et on se dit que les femmes sont exploitées. Mais dans l'industrie du porno, la plupart des femmes sont confiantes, sont puissantes. Je comprends que les gens soient confus, mais la majorité du porno se déroule bien, arrêtez de vous contrarier à ce propos. » Cela dit, elle me cite des règles de conduite à respecter si on veut s'assurer de ça. Le meilleur garde-fou est de passer par des plateformes officielles avec un porno produit spécialement pour elles. À titre d'exemple, en bas de la page d'accueil Lustery, elle indique que vous pouvez trouver toutes les informations sur l'entreprise, voir comment le porno est fait… Elle conseille aussi de s'en remettre directement aux acteurs et actrices : « Suivez-les sur Instagram, sur Twitter, sur TikTok et voyez ce qu'ils disent des tournages auxquels ils participent », c'est le meilleur moyen de savoir à quoi s'en tenir.

Au fil des points de vue, une solution revient sans cesse : « Pour naviguer sereinement, la base, c'est de payer son porno », conclut Anoushka. Tous les contenus mentionnés ici auront besoin de vos codes de carte bleue, passez donc d'abord à la caisse ! C'est justement la critique que j'ai le plus entendue de ce porno nouvelle génération. « J'ai essayé mais le contenu est payant », m'a-t-on souvent dit. Pour la sexologue féministe Lucie Groussin, « le problème du porno alternatif, c'est que les gens ne sont pas prêts à investir de l'argent là-dedans. Le frein n'est pas tant financier, il est surtout tabou. Il y a un frein psychologique à payer pour quelque chose que l'on n'assume pas ».

Le porno payant, pour ou contre ?

Du porno payant, c'est aussi ce que fait la réalisatrice et productrice suédoise Erika Lust, depuis 2004 ! Dans une industrie qui déborde, dégueule, dégouline de millions de contenus gratos, comment sa proposition payante a-t-elle pu prendre ? Elle me rétorque que c'est surtout d'avoir accès à ces films sans dépenser un sou qui lui paraît anormal. « Le porno, c'est du travail. C'est difficile de réunir toutes les conditions pour que ce soit fait correctement. Si on consomme du porno, on doit payer les gens qui ont fait ce travail pour nous, c'est une façon de témoigner de notre respect. » Sur son site, elle cumule aujourd'hui 62 500 abonnés, avec une majorité d'hommes inscrits : 60 %, contre 40 % de femmes. Comme chez Anoushka ou presque : fifty-fifty hommes femmes dans les abonnements. « Je pense que si les gens payent pour mon site, c'est parce qu'ils sont alignés à mes valeurs. Ils aiment la qualité des films, l'ambition artistique, ne pas être envahis de pop-up publicitaires. Regarder du porno sans culpabilité, sans avoir à se sentir honteux », continue Erika Lust.

Mais être obligé de payer pour accéder à un « bon » porno, qui nous garantisse de respecter les travailleurs du sexe, pose certaines questions. Notamment par rapport aux jeunes publics, dont on lit beaucoup qu'ils sont déformés par ce qu'ils consomment. À savoir un porno mainstream, patriarcal, violent… Dans les rêves les plus fous de leurs parents, l'idéal serait qu'ils n'en regardent pas du tout. Mais comme l'idéal arrive rarement, on pourrait au moins espérer qu'ils regardent un porno plus intéressant. Sauf que l'étape carte bleue risque d'être un obstacle. D'abord, peu de chances qu'ils aient envie de dépenser de l'argent (qu'ils n'ont sûrement pas) dans un média qui existe gratuitement par ailleurs. Ensuite, même pas dit qu'ils en aient une, de CB.

Amber Mallery, la sexologue américaine que j'ai rencontrée à Barcelone, rappelle qu'on n'a pas tous – adultes y compris – les moyens de dépenser de l'argent dans du porno. Elle choisit cette analogie pour s'expliquer : « J'ai besoin de nouvelles chaussures, mais je n'ai pas les moyens de me payer une bonne paire, alors je prends une paire que je peux m'offrir mais qui ne va pas durer. Ne me faites pas me sentir coupable, en tant que consommateur, de ne pas avoir les moyens de me payer ce qu'il y a de mieux. » Elle en est persuadée : « Faire du porno éthique en disant qu'il est le meilleur et qu'il résout tout revient à créer un standard "luxe" à la pornographie », avec en sous-texte l'idée que l'on se devrait de le soutenir pour être des gens bien. « Mais de fait, on continue à stigmatiser ceux qui ne le peuvent pas, en réfléchissant comme ça. »

Pour autant, le problème est compliqué à résoudre. Il est évident que faire du porno correct coûte cher, que les travailleurs du sexe doivent être rémunérés justement, comme les professions qui les entourent sur les tournages. Et pour rentabiliser tout ça, impossible de le proposer gratos. Elle note certaines initiatives déjà lancées pour tenter de répondre à ce dilemme : rendre un service à une plateforme éthique (comme traduire une vidéo dans une langue qu'on maîtrise) en échange de visionnage gratuit, donner accès gratuitement sur des périodes courtes pour faire découvrir. Mais manque toujours une direction claire et commune qui permette de dire aux gens : « Tu ne peux pas payer mais tu veux regarder du porno éthique : voici ce que tu peux faire. »

Ce porno-là n'est donc pas visible par tout le monde, comme me l'explique Manon Dugas, alias @lecul_nu sur Instagram : « Quand tu découvres cet autre morceau de l'industrie, tu vois des corps différents, des gens qui ne jouissent pas, qui n'ont pas d'érection tout le temps, ça te vend tellement autre chose et ça t'enlève un poids énorme. Je le sens chez mes partenaires qui regardent ce type de porno. Il peut être vecteur de quelque chose de bon, avoir un impact positif, s'il est bien fait. Mais c'est tellement niche le porno alternatif, il s'adresse aux personnes déjà convaincues. C'est dommage parce que, avec une sexualité mieux représentée, la société va mieux. »

Nous retrouvons Céleste, 25 ans. Elle fait partie de celles qui trouvent leur compte dans le porno éthique, mais pour qui la question de l'argent s'est posée dès le départ et continue d'être un frein. Elle racontait plus tôt utiliser le porno comme un décodeur dans son couple. Quand elle découvre le X féministe, elle a 15 ou 16 ans. Elle vient de découvrir le porno tout court, par la porte du mainstream sur les gros sites tels que Pornhub et Youporn. Son passage y est relativement bref. Ce qu'elle y voit ne lui plaît pas, des formats très courts, extraits de films de 3 à 7 minutes. « L'impression d'être à la boucherie, avec un ensemble pas cohérent, parfois très mal filmé, pas agréable à regarder. Je passais un temps fou à trouver une vidéo qui me convenait alors que j'avais juste envie de me branler ! Je trouvais ça chiant. » Face aux « 30 000 catégories » qu'elle a sous les yeux, elle remarque quand même l'efficacité des contenus : « Les scénarios qui fonctionnent bien sur moi ? Les glory halls, les catégories teen avec des meufs très jeunes, tout ce qui touche à l'interdit… ça marche super bien, mais après avoir regardé ça, je me dégoûte. Tu peux pas être fière de regarder ça, c'est trop crade ! » assène-t-elle. Au détour d'une recherche, elle atterrit sur cette vidéo où une actrice relève le challenge de lire un livre le plus longtemps possible sans jouir, avec un vibromasseur dans le vagin. Céleste trouve la scène drôle, tape le nom de l'actrice et tombe sur un contenu d'Erika Lust. Mais elle n'a pas les moyens de se l'offrir.

« Je téléchargeais illégalement, compliqué de me payer ça à 15-16 ans », glisse-t-elle. Dans ces contenus piratés, elle voit une « grosse différence : c'est bien filmé, il y a un gros travail, on voit les visages, la gestuelle, c'est propre… Là, sur moi, il n'y a pas de scénario qui marche mieux qu'un autre. Je me retrouve dans un monde où l'histoire ce n'est pas "un viol, baiser avec ma demi-sœur", c'est plus raffiné, on suit des gens qui fantasment l'un sur l'autre dans une bibliothèque et qui finissent par faire l'amour. Je me suis aperçue que je ne regardais plus du même œil, que j'avais plus de patience ». Elle n'en regarde d'ailleurs pas du tout de la même manière, ce n'est pas une habitude, mais plutôt un rendez-vous occasionnel, sans logique de « consommation vite fait » pour jouir, « je me pose, je prends mon temps, je trouve ça beau ».

Avec cette découverte, le porno sort de la bibliothèque personnelle honteuse et devient une revendication. « Je prends un malin plaisir à en parler ouvertement ! Je suis très transparente. Ça ne devrait pas être tabou. Autant avec le porno mainstream, je trouve compliqué d'être content et fier de ta petite collection de vidéos, autant avec Anoushka ou Erika Lust, t'as envie de la montrer aux autres. J'ai envie de dire : va voir ça, il y a énormément d'efforts qui ont été faits. Il y a une grande diversité des genres, pas de fétichisme, un aspect éducatif dans les vidéos, des dialogues autour du consentement, des gestes d'affection, même dans les scènes un peu violentes. » Il y a quelque chose de militant dans son choix de regarder du porno féministe. « Tout l'intérêt des gens comme Erika Lust, c'est qu'ils proposent d'autres images, ils contribuent à briser le cercle du fantasme patriarcal. Je pense que si le premier porno qu'on te montre c'est Erika Lust, tout est différent ensuite dans ta vie sexuelle », observe la jeune femme.

Mainstream, éthique ou les deux ?

Le point de vue de Carmina – Carré Rose Films

Nombreuses sont celles qui racontent le porno comme Céleste, avec un avant et un après, un moins bon et un meilleur porno. Carmina, la réalisatrice et actrice que j'ai rencontrée au Porn Film Festival d'Amsterdam, a découvert le porno par le mainstream et réalise aujourd'hui de l'alternatif. Pour « bien » consommer, faut-il se départir de l'un pour épouser l'autre ? « Au début, je disais que je faisais du porno éthique, mais j'en suis revenue. Ce n'est pas parce qu'on fait du porno indépendant qu'on va être plus éthique que les autres. Par ailleurs, dans le mainstream il y a aussi des productions éthiques. De plus en plus de boîtes travaillent de manière correcte. Sans compter que chacun a sa vision de l'éthique, pour certains, le fait de représenter une femme en situation de soumission n'est pas éthique… Si on s'en tient juste à ce qui est représenté par le porno, pour moi, tous les pornos sont valides, et tous les fantasmes sont OK tant que les adultes sont consentants. L'éthique se trouve là, à mon avis, dans la manière de traiter les acteurs. Pour ma part, je fais plutôt du porno alternatif parce que j'essaye de montrer une alternative à ce qu'on trouve sur Internet. Personnellement, j'adore le mainstream et on retrouve des choses de ce porno-là dans ce que je produis. Le problème du mainstream, c'est qu'on montre toujours le même type de corps, qu'on ne s'écarte pas trop des pratiques classiques : pipe, levrette, éjaculation faciale, pénétration… Et qu'il y a là-dedans des gens mal payés, pas respectés, des gens qui n'ont pas fait le choix d'y travailler… Mais à côté de ça, je ne condamne pas le fait d'en consommer de temps en temps. Sur les tubes, je conseille de regarder des vidéos extraites de chaînes officielles. » De son point de vue, les deux peuvent être complémentaires. « En fait, le mainstream, c'est McDonald's. Ce sont des studios qui produisent en masse, un peu comme le fast-food. La recette du Big Mac, au McDo, c'est la même partout dans le monde, et c'est bien pour combler le trou quand on a la dalle. Mais si on a envie de manger un bon burger, on peut aller au resto du coin, où la viande est locale, les légumes bios et le pain fait maison ! »

Puisqu'il est temps de conclure...

Quand j'écris ces dernières lignes – on me glisse dans l'oreillette qu'il est temps de conclure et d'envoyer le manuscrit – il est 13 h 48, nous sommes le 8 juillet 2025 et il faudrait que je sorte déjeuner. J'hésite encore entre un bon burger du restau d'à côté et un fast-food. Mais grâce à ce travail, qui m'a pris plus d'un an, une quarantaine d'entretiens, un nombre d'heures que j'ai soigneusement évité de compter, j'ai l'impression de me poser moins de questions. Peut-être pas sur mes repas, mais sur ma sexualité, en tout cas. Je me triture moins le cerveau avec ma montagne de contradictions. J'ai appris beaucoup grâce à vous tous qui avez pris le temps de m'ouvrir la porte de vos chambres et de vos recherches. Dans chacun de vos témoignages, je me suis un peu reconnue, et j'ai ajouté des petites pierres à l'édifice de ma propre acceptation.

Dans la liste des choses que vous m'avez enseignées, il y a pas mal de points. D'abord, que le porno n'est pas que l'illustration de l'acte sexuel, pas seulement un vulgaire outil de masturbation. C'est un objet de réflexion. Il nous fait (nous force, parfois) réfléchir à notre place dans la société, à nos héritages, à notre genre, à notre histoire familiale, à ce qu'on voudrait ou pas reproduire avec nos enfants. Il est aussi excitant qu'épuisant, de mon point de vue de femme. Mais, si l'on y réfléchit bien, c'est surtout la façon dont le monde extérieur sanctuarise nos sexualités qui est épuisant. Le porno est bourré de défauts, on pourrait en faire la critique pendant des heures. Mais s'il nous remue autant, c'est parce qu'il occupe une place qui n'est pas tout à fait la sienne. Il devrait être un support, pas venir combler un vide. Il devrait être un moment pour s'évader, plutôt que déchaîner un océan de gêne. À mon avis, il ne manque pas grand-chose pour s'éviter tout ça, il suffirait qu'on en parle à haute voix.

Avec *Pornografille*, j'ai compris que ce qu'on reproche au grand méchant porno – nous fourrer des idées sexistes dans la tête – est un peu facile. Non pas que ce soit faux, hein ! Mais disons qu'il n'était pas le premier sur ce terrain-là et qu'encore aujourd'hui il n'est qu'un élément – de taille, je vous l'accorde – d'une immense mécanique. J'ai entendu que je participais au système patriarcal en regardant du porno, certes. Mais pas tellement moins qu'en faisant mes courses, qu'en allant au cinéma, qu'en achetant de la musique, qu'en mangeant, qu'en m'habillant, qu'en respirant, qu'en existant, tant qu'on y est. Je pourrais en conclure que c'est déprimant et essayer de tout changer pour éviter ça, mais j'aurais l'impression d'être une fourmi qui se bat contre un golgoth, et ce serait encore une fois épuisant, alors j'ai renoncé à cette option. Je participe au patriarcat, je suis née dans un système dont je ne tiens pas les ficelles, et il n'y a toujours pas mort d'homme. Mais je ne m'y limite pas, ça ne me définit pas. Je tisse ma propre toile, je crée mes propres ramifications, pour reprendre la métaphore de Claire Richard. Parfois j'y participe, mais souvent je m'en émancipe. En réfléchissant à mes pratiques (pornographiques, sexuelles et autres), en discutant avec vous, en écrivant ces lignes. Je lutte comme je peux, mais aussi quand je peux.

Avec ce livre, j'ai compris qu'il y avait plein de façons de regarder du porno, et plein de pornos tout court. J'ai compris que si j'avais su ça plus tôt, j'aurais pu bénéficier d'une représentation de la sexualité plus réaliste et plus intéressante pour me préparer à être une « personne sexuellement active ». Mais qu'il n'était pas trop tard pour diversifier mes visionnages. J'ai compris aussi qu'il n'était pas nécessaire de reprocher aux générations précédentes de ne pas nous y avoir sensibilisés – parce qu'ils n'en étaient eux-mêmes pas familiers – mais qu'il serait franchement génial que la mienne s'en saisisse avec sa progéniture. Pas pour interdire le porno à ses gosses (nous n'avons pas tant de pouvoir, voyons !), mais pour lui donner les armes pour le comprendre, le critiquer, et lui offrir une autre représentation du sexe, via un porno plus inclusif ou avec des livres de cul féministes, par exemple. Un truc que j'ai vraiment intégré après tous ces mots intimes et ces regards experts – et que j'espère pouvoir transmettre un jour –, c'est que j'ai bien le droit de me servir du porno comme bon me semble et que mes instants masturbatoires ne regardent que moi. Même si j'écris un livre qui en parle... Vous avez saisi l'idée.

Au terme de ces pages, mon seul espoir est que toi aussi tu aies compris tout ça. Ou que tu aies pu, au moins, piocher ce qui t'intéressait là-dedans. Que tu te sentes moins seule et moins coupable, si toutefois tu vivais mal ton autoérotisme, ta consommation de X, ton besoin de compléter ta sexualité partagée avec des scénarios pas toujours glorieux... J'espère que toi aussi, tu as compris que ça ne te définit pas. Et surtout, surtout : que ça ne regarde personne d'autre que toi. Si au contraire tu étais déjà à l'aise à reluquer des fesses sur des écrans plus ou moins grands, j'espère que tu te sens confortée dans ce ressenti. Parce que c'est le seul qui vaille. En attendant, il est 16 h 16 et je ne sais toujours pas quoi déjeuner.

BIBLIOGRAPHIE

Bilan de l'année 2024 https://www.pornhub.com/insights/2024-year-in-review#age-demographics

Contexte des sexualités en France, https://presse.inserm.fr/wp-content/uploads/2024/11/rapp_CSF_web.pdf

Effet de l'utilisation de la pornographie sur la satisfaction sexuelle : une revue systématique et une méta-analyse https://www.tandfonline.com/doi/full/10.1080/10550887.2024.2401680?src=recsys

Enquête *Envie / La sexualité qui vient* : https://envie.site.ined.fr/

Jouir, en quête de l'orgasme féminin, Sarah Barmak, Éditions La Découverte, Zones, 2019

La Sexualité dévoilée : Sexologue, féministe et musulmane, Nadia El Bouga, Victoria Gairin, Éditions Grasset, 2017

La sexualité qui vient, jeunesse à relations intimes après #MeToo, Marie Bergström, Éditions La Découverte, 2025

L'Empire des femmes, Nancy Friday, Éditions Albin Michel, 1993

Les Chemins de désir, Claire Richard, Le Seuil, 2019

Les Français(es) et la pornographie à l'heure de la restriction des conditions d'accès aux sites x : https://www.ifop.com/wp-content/uploads/2023/09/119984_Porno_Resultats_01net_2023.06.28.pdf

Lever la tête – Sortir du trou, Maïa Mazaurette, Éditions Anne Carrière, 2020

Libres ! Manifeste pour s'affranchir des diktats sexuels, Ovidie et Diglee, Éditions Delcourt, 2023

#MeToo in the bed ? Enquête sur les effets du porn sur la sexualité et les rapports de genre à l'heure du vote de la loi numérique https://www.ifop.com/publication/metoo-in-the-bed-enquete-sur-les-effets-du-porn-sur-la-sexualite-et-les-rapports-de-genre-a-lheure-du-vote-de-la-loi-numerique/

Mon sexe et moi – Université de Genève https://www.unige.ch/ssi/files/5316/3474/5002/Mon_sexe_et_moi.pdf

My Secret Garden, Nancy Friday, Simon&Schuster, 1973

Ne dis pas que tu aimes ça, Céline Tran, Éditions Fayard, 2018

Planète Porn, Marie Maurisse, Éditions Stock, 2018

Pornography and Heterosexual Women's Intimate Experiences with a Partner https://pubmed.ncbi.nlm.nih.gov/30998084/

Pornography Consumption, Modality and Function in a Large Internet Sample https://pubmed.ncbi.nlm.nih.gov/30358432/

Pussypedia, le guide inclusif de la chatte, Zoe Mendelson et Maria Conejo, Éditions Dalva, 2025

Réinventer l'amour, Mona Chollet, Éditions La Découverte, Zones, 2021

Sexploratrices, à la conquête du plaisir, Dalila Kerchouche, Éditions Flammarion, 2020

The relationship between consumption of pornography and sexual pleasure : results of a mixed-method systematic review https://www.tandfonline.com/doi/full/10.1080/23268743.2021.1891564?scroll=top&needAccess=true

Une sexualité à soi, Laura Berlingo, Éditions Les Arènes, 2021

Women Reporting on Their Use of Pornography : A Qualitative Study Exploring Women's Perceived Precursors and Perceived Outcomes https://www.tandfonline.com/doi/full/10.1080/0092623X.2024.2302375#abstract

pca
cmb
édition pré-presse
livres numériques

44400 Rezé

Imprimé en France sur du papier issu de forêts gérées durablement.

Achevé d'imprimer par
Normandie Roto Impression s.a.s.
61250 Lonrai (Orne)
Dépôt légal : octobre 2025
N° éditeur : 68928/01 – N° imprimeur : 2504132